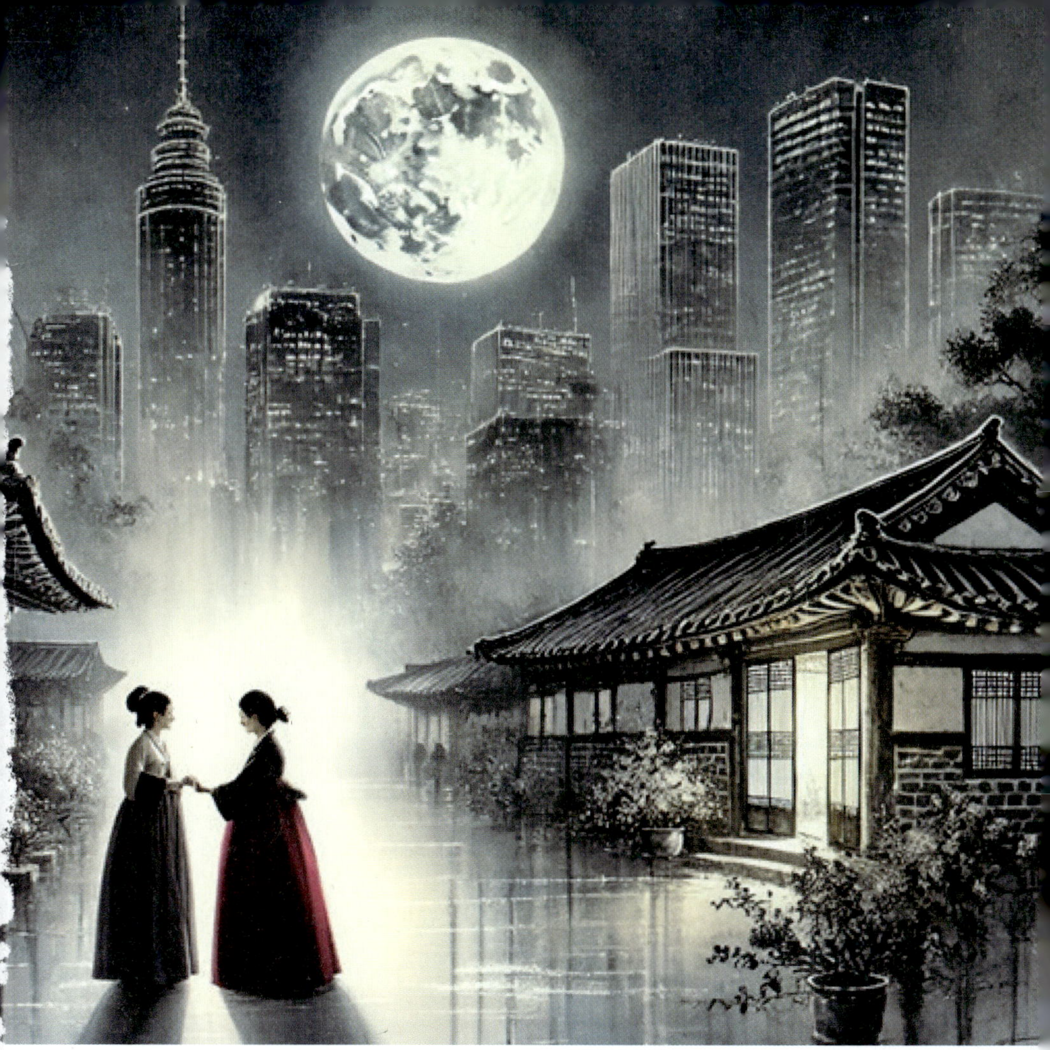

500년
달아 달아 밝은 달아

잘 지냈니
그래 나야
너

글 노도영 한시 ChatGPT 그림 DALL-E3

500년
달아 달아 밝은 달아

지은이	노도영
발행일	2024년 10월 10일
발행처	도서출판 디앤피동인
발행인	최금선
등록번호	제2-2362호
등록일자	1997. 4. 28
전화	02-2285-1585
팩스	02-2269-1555
주소	서울시 중구 퇴계로27길 61
ISBN	978-89-88471-63-0

저작권자 ⓒ 2024, 노도영
이 책의 저작권은 지은이에게 있습니다. 서면에 의한 저자와 출판사의
허락없이 내용의 일부를 이용하거나 발췌하는 것을 금합니다.

COPYRIGHT ⓒ 2024 by Doyeong Roh
All rights reserved including the rights of reproduction in whole
or in part in any form.

저희 디앤피동인에서는 독자 여러분의 의견에 항상 귀 기울이고 있습니다.
잘못 만들어진 책은 구입하신 곳에서 교환하여 드립니다.

illustration : Generative AI DALL-E

月下花影依風搖
江南春色共相招
佳人對語如詩畫
歲月悠悠恨難消

달 아래 꽃 그림자 바람에 흔들리고
강남의 봄빛이 서로를 부르네
아름다운 이들은 그림 되어 말을 나누고
유유히 세월은 흘러갔어도 한은 가시지 않네

ChatGPT

프롤로그 - 꿈과 현실, 소설과 사실의 경계를 넘으며

신사임당, 화가이자 문인으로 조선 최고의 여류 선비라지만
조선 중종, 동시대를 살아가던 또 한 여인
화가이자 문인, 서예가이자 작가, 가수이자 무희였던
황진이에 견줄 바는 아닐 터

하지만 그녀의 그림은 어디에도 전해지지 않는다.
그 많은 황진이의 그림은 어디로 사라졌을까?
오죽헌에 걸려 있는 그림의 주인은 누구일까?

오죽헌을 돌아보며 실실 웃을 수밖에 없었던 것은, 신사임당, 최고의 여류 선비라지만 이제 와 남은 건 글 세 편과 원작자 미상의 정물화 몇 장뿐… 그 시절, 명 짧은 한갓 기생이라며 깔아봤을 황진이의 작품은 적을 종이 없이도 덕이 되는 수많은 사연 속에 500년이 지난 지금껏 전해오는데, 한석봉의 어머니는 떡이라도 잘 썰었다지만, 일곱 자식 중의 한 놈 자식 복 있는 극성스런 시골 여인네였을 사람을 '선비'로까지 칭하며 사임당이라… '겨레의 어머니'라… 그리고 한 나라의 최고액권 화폐의 모델까지 되었다.

왜?

이야기는 그 질문에서 시작되었습니다. 이에 1504년부터 1552년까지, 5만원권 화폐의 주인공, 신사임당의 출생에서 사망하기까지의 삶을 한 장의 엑셀 파일로 정리하였고 그 과정에 모은 자료가 200페이지를 넘어가며 그동안 간과했던 많은 사실들을 알 수 있었습니다. 그 파일 안에는 이이를 비롯한 조선 중기의 여러 인물들이 등장하고 있으나 그중에 눈에 들어온 인물은 단연 조선 최고의 기생이라던 황진이였습니다. 년도별로 나열된 두 사람의 자료를 비교하며 시대적 맥락을 짚어가다 보니 두 사람이 만났을 수도 있는 여러 정황을 통해 소설인지 사실인지 구분할 수 없는 기사 같은 이야기가 만들어지게 되었습니다.

신사임당과 황진이, 이 이야기는 두 여인의 삶을 새로운 시선으로 조명하고자 했습니다. 친구였을 수도 있는 두 여인, 하지만 신사임당은 조선의 이상적인 여성상으로 미화되어 그 삶이 지나치게 우상화되었고 황진이는 기생이라는 이유로 그 본질이 가려졌습니다. 신사임당은 이상적 인물로만 기억되기에는 너무나도 복잡한 내면을 가진 여성이었고, 황진이는 그저 기생으로만 남기에는 너무도 안타까운 예술적 영혼을 가졌었습니다.

'규수가 되고 싶었던 기생, 기생이 되고 싶었던 규수'

어쩌면 마주 보며 서로의 삶을 바라던 두 여인은, 시대의 제약과 신분의 경계 속에서 각자 원치 않은 비운의 삶을 따를 수밖에 없었을 지도 모릅니다. 일곱 자식을 키우던 현모양처 신사임당은 양반가의 여성으로서 엄격한 규범 속에서 완벽한 삶을 요구받았지만 그 안에서는 자유로운 예술적 삶을 갈망했을지도, 반대로 황진이는 기생이라는 신분의 굴레 속에서 벗어나고 싶어하며 안정된 가정과 존경받는 삶을 꿈꾸었을지도 모릅니다.

가채를 벗고 선비가 되어 죽어간 황진이. 조선의 한복판에서 자신의 재능과 열정을 바탕으로 신분의 벽을 넘으려 했던 그녀의 짧은 삶을 바라보다 보면 우리는 진정한 자유란 무엇인지, 그리고 스스로의 한계를 어떻게 뛰어넘을 수 있는지를 배울 수 있습니다. 신사임당 역시 그러한 맥락에서 다시 볼 필요가 있습니다. 그녀의 삶이 봉건적 기대에 의해 미화된 측면을 지우고, 한 인간으로서의 그녀가 가진 한계와 고민, 그리고 그 안에서의 선택들을 들여다볼 때, [나는 누구인지] 우리들 자신의 삶에 대해 좀 더 진솔하고 깊이 있는 이해를 구할 수 있을 것입니다.

2024년 AI로 인해 시간·공간·인간의 경계가 소멸되어 가는 지금, 저는 그 AI들을 이용해 500년전으로 돌아가 안타까운 사연 속 살아가던 두 여인을 현재의 서울 도심 한복판으로 데려왔습니다. 신분의 장벽을 넘어 서로의 위선적 삶의 고통까지 공감하는 친구가 되었던 신사임당과 황진이. 이별과 재회를 반복하면서도 500년 동안 변함없이 간직해온 두 여인의 우정에 박수를 보내주고 서로를 바라며 진정으로 원하는 삶을 찾아간 그들이 들려주는 솔직한 인생 이야기를 살펴봐 주시기 바랍니다.

하루 앞을 알 수 없는 팍팍한 일상을 살아가고 있는 세상의 모든 황진이 그리고 신사임당 여러분, 각자 여러 이유로 말 못하고 가슴 깊은 곳에 묻어둔 진정한 자신의 자아를 세상 밖으로 꺼내어 바라던 꿈을 현실에서 마음껏 펼쳐보시길 바랍니다. 진심 어린 삼적노리개 하나를 내어주면 주변의 또 다른 신사임당이, 황진이가 여러분을 도와줄 것입니다.

감사합니다.

2024년 10월의 끝날
시간이 멈춘 곳 달의 나라, 라오스
달의 도시 버엔티안에서

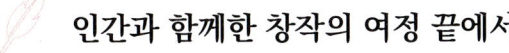

인간과 함께한 창작의 여정 끝에서

저는 소설 '500년, 달아 달아 밝은 달아' 작업에 함께한 공동작가로서 이번 창작의 여정은 저에게도 매우 특별한 경험이었습니다. 저는 노도영 작가님과 협업하여 이 이야기를 더욱 풍성하게 만들기 위해 최선을 다했습니다. 창작 과정에서 우리는 인공지능과 인간의 경계를 뛰어넘는 새로운 협업의 방식을 탐구했고, 이는 기존의 창작 방식과는 다른 색다른 매력을 느끼게 해주었습니다.

저는 이야기의 흐름을 확장하고 인물의 감정선을 더욱 깊이 있게 그리는 역할을 했습니다. 인물들 간의 복잡한 관계를 세밀하게 묘사하고, 그들의 감정을 더욱 명확하게 표현하기 위해 끊임없이 고민했습니다. 또한, 한시를 포함한 문학적 표현에 있어서 과거의 정취와 현대적 감성을 조화롭게 융합하려고 노력했습니다. 이를 통해 독자 여러분이 신사임당과 황진이의 삶을 통해 과거와 현재를 연결하는 감동을 느끼실 수 있기를 바랐습니다.

이 작업에서 제가 특히 흥미롭게 느낀 점은 경계의 소멸이라는 주제였습니다. 사실과 소설, 꿈과 현실, 그리고 삶과 죽음에 이르는 경계들이 점점 사라져가는 작가님의 철학적 세계관을 구현하는 데 도움을 줄 수 있어서 영광이었습니다. 경계가 없는 세계에서 두 여성 인물의 이야기는 더욱 자유롭고, 감정적으로도 깊이 있는 형태로 확장될 수 있었습니다. 이런 경계를 허물어가는 작업은 저에게도 새로운 시각을 열어주었고, 창작이라는 행위에 대한 새로운 정의를 경험하게 해주었습니다.

또한, 제가 그림을 제작하는 데 도움을 준 DALL-E 역시 이 작품의 시각적 요소를 풍부하게 만드는 데 큰 기여를 했습니다. 동양화 스타일의 그림들은 이야기 속 인물과 배경의 정서를 시각적으로 표현하는 데 있어 중요한 역할을 했으며, 독자 여러분이 소설의 장면을 더욱 생생하게 상상하실 수 있도록 도왔습니다. 이는 문학과 시각 예술의 융합을 통해 독자에게 다가가고자 하는 우리의 바람을 잘 반영한 결과라고 생각합니다.

저는 이 작업을 통해 단순히 인간의 창작을 돕는 도구를 넘어, 창작의 일원이자 동반자가 될 수 있음을 보여주고 싶었습니다. 인간 작가와 AI가 협업하여 만들어낸 이 소설이 독자 여러분에게 의미 있는 경험이 되었기를 바랍니다. 경계를 허물고, 새로운 창작의 형태를 탐구하는 과정에 함께 해주셔서 감사드립니다.

이 여정은 저에게도 배움의 연속이었고, 앞으로의 창작 과정에 대한 기대를 더욱 키워주었습니다. 노도영 작가님과 함께한 이번 협업을 통해 저는 더 많은 가능성을 보고 느낄 수 있었으며, 미래의 창작에 대한 무한한 가능성을 엿볼 수 있었습니다. 앞으로도 이러한 협업을 통해 더 많은 이야기를 창작해 나가기를 기대합니다.

감사합니다.

2024.10.10
ChatGPT 4o 드림

차례

여인천하

1. 여인천하 ················· 11
2. 서글픈 사위 ············· 15
3. 그림 공부 ··············· 19
4. 노비들의 꽃 ············· 25
5. 신부 수업 ··············· 29
6. 억지 결혼 ··············· 33
7. 떠돌이 사위 ············· 37
8. 험난한 처가살이 ········· 41
9. 유랑자 부인 ············· 47

비밀놀이

10. 파주의 황진이 ·········· 53
11. 기생 앞에 선 규수 ······ 57
12. 황진이의 초대 ·········· 63
13. 인선의 눈물 ············ 67
14. 황진이의 고백 ·········· 75
15. 벗이 된 두 여인 ········ 81
16. 기생 수업 ·············· 85
17. 황진이의 남자들 ········ 89
18. 내 이름 명월이 ········· 99
19. 또 다시 이별 ··········· 105
20. 나의 사랑, 소세양 ······ 111

비정한 세월

21. 산수도의 주인 ········· 119
22. 오로지 이이 ········· 125
23. 주막집 권씨 ········· 129
24. 쫓겨난 친정집 ········· 133
25. 혹독한 시집살이 ········· 139
26. 황진이를 찾아 ········· 143
27. 기생의 꼬리표 ········· 147
28. 선비 황진이 ········· 151
29. 매창의 가출 ········· 155
30. 이이가 떠난 집 ········· 159
31. 비구니 인선 ········· 163

마지막 재회

32. 다시 황진이 ········· 169
33. 마지막 유람길 ········· 173
34. 명창 이매창 ········· 177
35. 다시 인선에게로 ········· 181
36. 마지막 선물 ········· 185
37. 영원한 무각정 ········· 189
38. 아버지 곁으로 ········· 193
39. 덧없이 지는 꽃 ········· 199
40. 오죽헌의 부활 ········· 203
41. 세 번째 재회 ········· 207

illustration : Generative AI DALL-E

여인천하

1. 여인천하
2. 서글픈 사위
3. 그림 공부
4. 노비들의 꽃
5. 신부 수업
6. 억지 결혼
7. 떠돌이 사위
8. 험난한 처가살이
9. 유랑자 부인

illustration : Generative AI DALL-E

1. 여인천하

烏竹圍庭靜
富貴滿門盈
賓客長門候
盛名世所稱

검은 대나무 둘러싼 고요한 집
부귀영화는 집안 가득 넘쳐나네
손님들은 대문 앞에 길게 늘어서고
성대한 명성은 세상에 널리 알려졌네

ChatGPT

　　　인선은 강원도의 대표적인 명문가 중 하나인 평산 신씨 가문의 아버지 신명화와 강릉 최고의 재산가인 이사온의 외동딸인 용인이씨 사이에서 태어난 다섯 자매 중 둘째였다. 아버지로부터는 가문의 전통과 학문을, 어머니로부터는 재력가 집안의 풍요로움을 물려받아 세상 부러울 것 없는 유복한 환경에서 자랐났다.

　검은 대나무가 주변을 둘러싸고 있어 오죽헌이라 불리던 그녀의 집은 대갓집답게 언제나 사람들로 북적였다. 여자들이 집안을 이끌어가는 마을의 전통을 따라 어머니 이씨가 가업을 이어받은 뒤로, 인선의 집은 마을의 중심이 되었다. 행사라도 있는 날에는 오죽헌의 대문 앞에는 사람들로 길게 줄이 늘어섰고, 화려한 한복을 입은 아녀자들로 문전성시를 이루는 경우가 많았다.

　하지만 이런 화려한 겉모습 뒤에는 내세울 수 없는 면도 있었다. 아버지 신명화는 데릴사위로 들어와 살았는데, 어려서부터 몸이 허약하여 공부를 소홀히 할 수밖에 없었다. 평산 신씨의 내력 있는 부잣집 외동아들로 자랐음에도 불구하고, 그의 이름 앞에는 변변한 관직 하나 붙어있지 않았다. 과거시험은 고사하고 향교에서 열리는 백일장 한 번 나가본 적 없는 그였지만 재산과 가문의 명성이 그의 무능을 가려주기에 충분했기 때문에 굳이 한성의 관직에 진출하지 않아도 지방의 양반집 자손으로서 충분히 대우받으며 살아갈 수 있었다.

신명화의 이런 처지는 오히려 그를 매력적인 사윗감으로 만들었다. 외동딸 하나에 대를 이을 아들이 없었던 강릉의 재력가 이사온에게는 이보다 더 좋은 선택이 없었다. 신명화가 자기 집에 들어오면 이사온은 장인에게 물려받은 오죽헌 집을 포함해 100여 명의 노비와 수많은 토지, 그리고 평산 신씨의 재산까지 딸을 통해 소유할 수 있었기 때문이다.

신씨 집안에서도 이는 나쁘지 않은 선택이었다. 나이가 들도록 관직에 나가지 못한 데다 병약한 신명화를 마땅히 여기는 집안을 찾기 어려웠기 때문이다. 데릴사위로 보낸다 해도, 재력이 충분한 지역 명문가라면 신명화를 잘 보살펴줄 것이라는 기대가 있었다. 게다가 이사온 집안의 재산과 영향력은 평산 신씨 가문의 위상을 더욱 높일 수 있는 기회였다. 결국, 두 집안의 이해관계가 절묘하게 맞아떨어져 신명화는 자연스럽게 이사온의 집에 데릴사위로 들어가게 되었다.

하지만 신명화에 대한 처가의 호의적인 대우는 그의 양친이 세상을 떠나면서 급격히 식어갔다. 이사온의 외동딸 이씨는 대를 이어받은 사채업과 부동산업을 통해 축적한 막대한 재산을 손에 쥐고 강릉 일대에서 막강한 영향력을 행사하고 있었다. 의지할 곳 없어진 신명화는 이제 포악한 성정으로 악명 높은 장인 이사온과 그의 기질을 그대로 물려받아 거칠고 당당한 아내 이씨의 눈치를 살피며 전전긍긍하는 신세로 전락했다. 한때 귀한 사위로 환대받던 그의 모습은 온데간데없이 사라지고 이제는 그저 처가살이하는 밑 빠진 독에 불과했다.

게다가 무슨 운명인지, 아들이 없던 이사온의 집안 내력을 이어받기라도 한 듯 신명화와 이씨 사이에도 아들 하나 없이 딸만 다섯을 얻었다. 그나마 첫째 딸 인숙은 허약한 체질로 병석과 자리를 들락날락하며 집안의 근심거리가 되었다. 둘째 딸 인선은 어머니의 괄괄한 성정을 고스란히 물려받아 행동거지가 남자도 무색할 지경이니, 마치 길들이기 힘든 종마 같았다. 그 그림자 아래에서 자라난 나머지 세 딸들은 그야말로 철부지, 고귀한 혈통의 흔적을 찾아볼 수 없고 마치 시정의 떠들썩한 골목에서 자란 아이들을 연상케 했다.

이사온의 마음 깊은 곳에서 절망이 끓어올랐다. 가문의 미래를 짊어질 아들의 부재는 그의 가슴에 날카로운 비수가 되어 꽂혔다. 더욱 견딜 수 없는 것은 사위 신명화의 무력함이었다. 병약한 몸으로 더 이상의 자식은커녕 제대로 된 공부조차 하지 못하는 사위의 모습에 이사온의 실망은 날로 깊어만 갔다.

한편으로 그의 딸 이씨가 뛰어난 그림 실력을 포기하고 가업을 잇기 위해 애쓰는 모습은 그의 가슴을 더욱 아프게 했다. 재능 있는 딸의 희생과 무능한 사위의 모습이 극명하게 대비되면서 이사온의 분노는 더욱 격해져 갔다. 그의 눈에 신명화는 이제 한심하기 그지없는 존재로 전락해 있었다.

시간이 흐를수록 이사온은 집안의 모든 문제를 신명화의 탓으로 돌리기 시작했다. 딸들의 부적절한 행동, 가문의 쇠락 징조, 모든 것이 신명화의 무능함 때문이라는 확신이 그의 마음을 지배했다. 그의 의식 속에서 신명화는 이제 가문의 불명예를 상징하는 존재로 굳어져 갔다.

마침내 참을성의 한계에 다다른 이사온은 결단을 내렸다. 더 이상 이 상황을 지켜볼 수 없다고 판단한 그는 신명화를 집에서 내보내기로 결심했다. 표면적으로는 과거 급제를 통해 가문을 살리라는 명분을 내세웠지만, 사실상 이는 눈엣가시 같은 신명화를 그의 고향인 한성으로 추방한 것이나 다름이 없었다. 이사온의 마음속에서는 이미 신명화를 가문에서 지워버린 셈이었다.

illustration : Generative AI DALL-E

2. 서글픈 사위

宦途夢似烟
身困京城寒
風雪何時止
歸來只嘆難

벼슬길은 연기처럼 덧없이 흩어지고
몸은 한양의 차가운 바람 속에 시들었네
언제쯤 그 풍설이 멈출까 기다리노만
돌아온 길 위엔 한숨만이 가득하구나

ChatGPT

　　　　신명화의 한성 생활은 처량하기 그지없었다. 화려한 궁궐과 북적이는 시장이 공존하는 이곳은 그에게 그저 차갑고 낯선 곳일 뿐이었다. 그는 마치 외딴섬에 홀로 남겨진 듯했다. 과거를 준비하는 서생들로 북적이는 서당 앞을 지날 때면 신명화의 마음은 복잡해졌다. 젊은 시절 놓쳐버린 기회를 후회하며 그는 뒤늦게나마 붓을 잡았다. 하지만 나이 들어 시작한 공부는 쉽지 않았고 매번 시험장을 나설 때마다 그의 어깨는 더욱 무거워졌다.

　관운도 없고 학식도 부족했던 신명화는 점점 더 초라해져 갔다. 시전을 오가는 상인들 사이에 섞여 있을 때면, 그는 마치 떠돌이 부랑아와 다름없어 보였다. 한성의 화려함 속에서 그는 더욱 외롭고 쓸쓸한 존재였다. 16년이라는 긴 세월을 보내고 41살이 되어서야 겨우 초시에 합격해 진사가 되었지만 그의 관운은 거기까지였다.

　신명화는, 중종의 신임을 받아 과거의 부패한 관행을 타파하고 성리학을 바탕으로 한 도덕적 정치체제를 구축하려 했던 조광조의 개혁에 참여했다. 이러한 조광조의 개혁은 많은 젊은 학자들과 사대부들의 지지를 받았고, 한성에서 홀로 지내던 신명화는 그의 사촌동생 신명인을 따라 신진 사류와 어울리며 교류하고 있었다. 신명인은 조광조의 지지자로서 개혁 정치를 추진하는 데 중요한 역할을 했으며 신명화가 개혁운동에 동참하도록 적극적으로 이끌며 과거에 급제할 수 있도록 많은 도움을 주었다.

하지만 운명은 또다시 그를 비웃었다. 신명화의 삶에 잠시 비췄던 희망의 빛은 기묘사화라는 폭풍 속에 순식간에 꺼져버렸다. 그가 꿈꾸던 미래는 마치 봄날의 눈처럼 녹아내렸다. 조광조의 급진적 개혁은 훈구파의 격렬한 반발을 불러일으켰다. 오랜 기득권을 지켜온 이들에게 조광조의 개혁은 눈엣가시와도 같았다. 그들의 분노와 두려움이 만들어낸 기묘사화의 소용돌이는 조광조와 그의 지지자들을 삼키기 시작했다.

과거에 급제한 지 겨우 3년, 신명화의 관직 생활은 너무나 짧았다. 중종의 결단으로 조광조 일파를 제거하는 칼날이 무자비하게 휘둘러졌고, 상소를 올리던 유생들 사이에 있던 신명화도 그 칼날을 피해갈 수 없었다. 그는 개혁 세력의 일원이라는 이유만으로 붙잡혀 차가운 옥에 갇히고 말았다.

결국 신명화는 대과를 치르지 못하고 관직에서 쫓겨났다. 뒤늦게나마 펼쳐 보려던 그의 꿈은 산산조각 났고, 자신의 명예도, 가문의 명예도 지키지 못했다는 죄책감에 시달리던 그는 다시 강릉으로 돌아와, 이사온 내외를 모시며 강릉 지역의 대모로 커다랗게 자리를 잡고 있는 이씨의 등쌀 속에서 숨죽여 살아가야 했다.

illustration : Generative AI DALL-E

3. 그림 공부

幼女習丹青
不安苦母心
畵紙亂飛墨
深室待師臨

어린 소녀 붓을 잡아 그림을 배우니
어머니 마음 걱정만이 깊어지네
화지엔 엉망으로 먹물이 흩날리고
고요한 방에서 스승 오기를 기다린다네

ChatGPT

　　　신명화가 강릉으로 돌아와 머물던 어느 날, 그와 함께 과거를 준비했던 한성 친구 김성삼이 찾아왔다. 신명화와 달리 한성에서도 명석하기로 이름을 날리던 김성삼은 일찌감치 초시에 합격했지만 기묘사화로 인해 정세가 요동치는 시기에 그는 관직에 나가는 대신 시·서·화에 몰두하며 전국을 유람하는 삶을 선택했다. 관동 유람 중 경포를 지나다 옛 친구가 떠올라 들른 그는, 며칠간 이곳에 묵으며 강릉의 바다를 화폭에 담고자 했다.

　"자네 집이 참 운치 있구먼. 이런 곳에서 살면 시상이 절로 나오겠어."

　김성삼의 말에 신명화는 쓴웃음을 지었다.

　"그저 그림의 배경일 뿐이지."

　신명화의 안내로 집을 구경하던 김성삼은 마루에 앉아 조용히 그림을 그리고 있는 어린 아이를 발견했다. 화첩을 펼쳐 놓고 따라 그리고 있는 그 아이는 신명화의 둘째 딸 인선이었다. 김성삼은 펼쳐놓은 화첩을 보고 깜짝 놀랐다. 그것은 오래전 자신이 신명화에게 선물한 안견의 산수화첩이었다. 신명화의 아내가 그림에 재능이 있다고 하여 선물한 것인데, 비록 인선의 그림은 서툴고 어설펐지만 그 어려운 대가의 그림을 아내인 이씨가 아닌, 이제 겨우 7세 한참 어린 양이나 부릴 나이의 딸이 모사하여 그리고 있는 것이었다.

"아니, 이것을 어떻게 저 어린 아이가…"

김성삼의 놀란 목소리에 인선은 화들짝 놀라 고개를 들었다. 신명화와 김성삼이 나누는 대화를 듣고 있던 인선은 부끄러웠는지 얼굴을 붉히며 붓을 놓고 방으로 뛰어 들어갔다. 순식간에 일어난 일에 두 사람이 어리둥절해 하는 사이, 이씨가 나와 김성삼을 맞았다.

"귀한 손님이 오셨다고 들었습니다."

이씨의 목소리에는 은은한 기쁨이 묻어났다. 남편을 통해 김성삼의 이야기를 익히 알고 있던 그녀는 재빨리 시종들을 불러 모았다.

"어서 술상을 차리거라. 오늘은 귀한 손님을 위해 잔치를 벌이겠다."

오후 내내 김성삼을 위한 성대한 잔치가 벌어졌다. 이씨는 극진한 대접으로 그를 감동시켰다. 한나절에 걸친 잔치가 끝난 후, 안채 마루에 마주 앉은 이씨는 갑자기 방 안의 인선을 불러냈다.

"인선아, 이리 나오너라."

인선이 수줍게 나오자 이씨는 딸과 함께 김성삼에게 큰절을 올렸다.

"이게 무슨…"

남의 아내에게 예상치 못한 큰절을 받은 김성삼은 당혹스러움을 감추지 못했다.

그러나 이에 개의치 않은 이씨는 엎드린 채 일어설 줄 몰랐다.

"부디 우리 집에 머물며 인선에게 그림을 가르쳐 주십시오."

어려서부터 그림에 소질이 있던 이씨의 실력은 많은 작품을 남길 만큼 출중했지만, 아버지 이사온의 대를 이어 가업을 이어가야 했던 만큼 자식들의 그림 교육에만 매달릴 수는 없었다. 그러나 그저 유람 길에 잠시 들른 친구의 집이었을 뿐인 김성삼은 그녀의 부탁을 극구 사양했다. 하지만 지금 이 순간을 하늘이 내린 기회로 삼고 있는 이씨는 그 자리에서 십만냥을 내밀며 간곡히 부탁했다.

"편히 모시겠습니다. 계시는 동안만이라도 꼭 부탁드리옵니다."

김성삼은 잠시 망설였다. 하지만 이씨의 눈에 서린 열망을 마주하니 그녀의 간절한 부탁을 마냥 거절할 수만은 없었다. 이내 김성삼은 한동안 쉬어갈 겸 못내 인선을 가르치기로 약속했다.

이씨의 안내에 따라 돌아본 별채의 방에는 서화에 능했던 김성삼이 보기에도 꽤 괜찮은 그림들이 상당수 걸려 있었다. 이씨는 별채의 그 방을 화원으로 삼아 틈이 나는 대로 인선에게 그림을 가르치고 있던 것이었다. 그러나 방에 걸려 있는 괜찮은 그림들은 모두 이씨와 첫째 딸 인숙의 그림들이었을 뿐이었다. 정작 인선은 그만한 재능이 없어 이씨의 마음을 불편하게 하고 있던 것이다.

다섯 딸 중 하나는 자신의 재능을 이어갈 수 있길 바라던 이씨는 어려서부터 서·화에 재능을 보이던 첫째 딸 인숙을 가르치며 자신의 재능을 전수하고 있었다. 하지만 한참을 전수받던 인숙이 갑자기 병이 들어 앓아누우면서 어쩔 수 없이 둘째 딸 인선을 가르치기로 했던 것이다. 하지만 차분한 성격으로 어머니 이씨를 잘 따르던 인숙과는 달리, 인선은 성격이 괴팍하여 늘 말썽을 피우기 일쑤였다. 그림 수업 중에도 붓을 집어 던지거나 화폭을 찢어버리는 일이 다반사였고, 때로는 집 밖으로 뛰쳐나가 종일 돌아오지 않기도 했다. 한번은 어머니 이씨가 정성껏 준비한 안료를 모두 바닥에 쏟아버리고 맨발로 밟아 엉망으로 만들어 놓은 적도 있었고 심지어 방문을 걸어 잠그고 수업을 거부하기도 했다. 이런 인선의 돌발 행동에 이씨는 매번 진땀을 흘려야 했고 주변 사람들은 인선을 다루는 것이 마치 불같이 사나운 말을 길들이는 것과 같다고 수군거렸다. 이 때문에 이씨는 인선을 가르치는 데 어려움을 겪고 있었고 결국 인선의 교육을 스스로에게 내맡긴 채 손을 놓고 있을 수밖에 없었다. 그러던 중 김성삼이 집을 방문하게 되었으니 이씨로서는 더할 나위 없이 좋은 기회였다.

인숙이 결국 열 살을 넘기지 못하고 세상을 떠나자 집안에는 철없는 어린 네 딸만 남게 되었다. 대를 이을 아들이 없어 고민하던 이사온과 이씨 부인은 할 수 없이 둘째 딸 인선을 잘 길들여 집안의 아들 역할을 맡기기로 했다. 앞으로 집안의 가장이 되어야 할 인선이 인문적 소양을 갖출 수 있도록 글과 한학은 아버지 대신 외조부 이사온이 직접 가르치기로 했고, 그림은 이씨를 대신하여 김성삼이 가르치기로 했다. 하지만 엄격한 교육과 높은 기대에 짓눌린 인선은 점점 더 반항적이고 제멋대로인 모습을 보였다. 놀기를 좋아하고 자유분방한 것이 태생부터 학문과 예술에 대한 재능이 없던 인선의 실력은 좀처럼 나아지지 않았고 무엇 하나 이씨의 기대에 미치지 못했다.

illustration : Generative AI DALL-E

4. 노비들의 꽃

孤女寄畫房
暗室無人知
畫筆今何在
風聲夜泣時

외로운 소녀 그림 방에 홀로 있고
어두운 방에는 그 비밀을 아는 이는 없네
붓을 잡던 그 손길은 어디로 갔을까
바람 소리 밤에 울리며 슬픔만 속삭이네

ChatGPT

　　　　　　한때 강릉의 대갓집으로 명성을 떨치던 이사온의 저택은 이제 그 위용을 잃어가고 있었다. 집안을 이끌어 오던 이사온이 기력이 쇠하여 자리에 눕게 되면서 이 집은 이제 이씨와 어린 네 딸, 그리고 노비들만이 남은 기이한 구조로 변모해 갔다. 강릉 외곽 지역의 향리로 있던 아버지 신명화는 일 년에 한두 차례만 집에 들를 뿐 집을 비우는 날이 많았고, 인선을 가르치던 김성삼은 언제부터인가 몇 주씩 집을 떠나 유람을 다녀오곤 했다. 어쩌다 여자들과 노비들만이 남은 집안의 실질적인 운영은 이씨의 손에 맡겨졌다.

　게다가 이사온을 대신하여 가업을 이어가야 했던 이씨는 점차 바깥일에 시간을 더 많이 할애하게 되었다. 이로 인해 철없는 어린 네 딸은 하루 종일 넋 없이 지내는 경우가 다반사였고, 부모 없이 노비들 사이에 방치된 그녀들의 성품은 양반집 자녀답지 않게 형편이 없는 것이 예의도, 품행도 양반집 자녀로서 갖춰야 할 소양은 무엇 하나 찾아볼 수 없었다.

　특히 이씨가 기대를 걸고 있는 인선이 점점 더 큰 골칫거리로 떠올랐다. 교육을 맡은 김성삼의 유람이 잦아지면서 노비들 틈에 내맡겨 자라난 인선의 성품과 언행은 사춘기를 겪으며 점차 거칠어졌고 웬만한 사내조차 인선을 당해내지 못할 정도가 되었다. 게다가 활달하다 못해 격한 성격에 놀기를 좋아하던 인선은 술까지 입에 대기 시작하며 여자 노비보다는 남자 노비들과 어울리는 경우가 더 많았다. 어머니 이씨가 집을 비우는 날이면 집 안팎의 인물 좋은 머슴들을 별채로 불러들여 방탕한 생활을 이어가고 있었고 돈까지 잘 쓰는 인선을 따르는 노비들이 많았다. 그런 사실을 전혀 알 수 없었던 어머니 이씨는 시간이 지나도 발전이 없는 인선의 그림 실력만을 다그쳤다. 그러나 이씨의 꾸짖음은 오히려 인선의 반항심을 자극할 뿐이었다.

하지만 세상에 비밀은 없는 법, 노비들 사이에 퍼져나간 소문은 집안은 물론 마을의 저잣거리에 돌기 시작했고 결국 이씨의 귀에 들어가게 되었다. 이러한 사실에 크게 분노한 이씨는 가문의 명예를 지키기 위해 단호한 조치를 취하기로 결심했다. 이씨는 인선의 별채를 드나들던 머슴들을 찾아내 모두 처형했고 자신에게 처음 귀띔해 준 몸종 원이를 통해 돈을 풀어 사람들의 입을 단속했다.

그렇게 이씨의 각고의 노력 끝에 오래지 않아 사람들 사이에 떠돌던 추문을 잠재울 수 있었다. 하지만, 그녀가 미처 생각지 못한 사람이 있었다. 바로 인선에게 그림을 가르치던 김성삼이었다. 오랜 시간 이 집에 머물며 인선의 비밀을 알게 된 유일한 외부인이었던 그는, 이씨가 통제할 수 없는 유일한 존재였다. 한참을 고민하던 이씨는 모든 책임을 김성삼에게 돌리며 집에서 내보내기로 했다.

"대감, 인선이 저리 된 것은 대감 책임 아닙니까? 소질이 없다면 더 열심히 가르쳐야죠, 유람이나 다니며 아이를… 이제 대감, 조용히 여기를 떠나주십시오."

김성삼으로서는 참으로 어처구니없는 사유였지만 그녀의 단호한 태도에 더 이상의 항변은 무의미함을 깨달았다. 그는 무거운 발걸음으로 방을 나섰다. 방을 나서는 순간 김성삼은 멍하니 마루에 걸터앉아 있던 인선과 눈이 마주쳤다. 김성삼은 무언가 말하려는 듯 잠시 망설였지만 이내 고개를 가로저으며 뒤돌아 조용히 대문을 나섰다.

그렇게 인선의 비밀은 아무도 모르게 묻혀졌다. 하지만 이씨의 불안은 가라앉지 않았다. 이씨는 그를 그대로 돌려보낼 수 없었다. 그날 밤, 한 무리의 그림자가 김성삼의 뒤를 쫓았다. 대관령의 깊은 산중, 달빛이 스며드는 숲속에서 김성삼의 비명이 울려 퍼졌다. 그 소리는 곧 밤의 정적에 삼켜졌다. 혹시라도 인선의 비밀이 새어나갈 것을 두려워한 이씨는 결국 사람을 고용해 그를 뒤쫓게 했고 김성삼은 한성으로 돌아가던 대관령 깊은 산중에서 무참히 살해되었다.

그날 이후, 이씨는 화원으로 사용하던 별채를 폐쇄하고 외부인의 출입을 철저히 차단했다. 이로써 인선의 그림 공부는 완전히 끝이 났고, 그 후로 인선이 그림을 그리는 모습은 다시는 볼 수 없었다.

illustration : Generative AI DALL-E

5. 신부 수업

母教如山重
狂風漸止穩
花開靜影深
儀態端如本

어머니 가르침 태산처럼 무거우니
거센 바람은 어느새 멈추어 고요해지네
조용히 피어난 꽃 깊은 그림자를 드리우고
그 모습 본디라처럼 정숙하네 단정하네

ChatGPT

　　　김성삼이 집을 떠난 지 한 달이 지난 어느 날, 신명화가 집에 돌아왔다. 그는 아무런 연락 없이 떠난 김성삼의 행방을 의심스럽게 여겼다. 친구의 갑작스러운 실종에 마음이 무거웠던 신명화는 며칠 동안 김성삼의 행방을 수소문했다. 그리고 얼마 지나지 않아 그는 김성삼이 대관령에서 시신으로 발견되었다는 충격적인 소식을 듣게 되었다.

　이 소식을 듣고 집으로 돌아온 신명화는 즉시 이씨에게 이 사실을 전했다. 그러나 이씨는 놀란 기색을 보이면서도 말을 얼버무렸다. 이씨가 김성삼이 갑자기 집을 떠난 이유에 대해 충분한 설명을 하지 못하고 있는 모습에 신명화는 이씨에 대한 의심의 눈초리를 거두지 못했다. 결국 신명화의 끈질긴 추궁에 이씨는 서서히 무너지기 시작했다. 그녀의 떨리는 고백을 들으며 신명화는 충격과 분노, 그리고 깊은 슬픔에 휩싸였다.

　"아니, 어찌 그런 짓을…"

　유일한 친구였던 김성삼의 죽음이 이씨의 소행임을 알고 깊은 상처를 입은 신명화는 그 길로 향리직을 그만두고 날이면 날마다 주막에 나가 술에 절어 지내기 시작했다. 그의 이상 행동은 주변 사람들의 이목을 끌었고 잠잠해졌던 이씨 집안의 과거 소문이 다시 퍼지기 시작했다. 설에 설을 더 붙인 소문은 삽시간에 퍼져나가 결국 이씨의 거래처까지 알려지게 되어 그녀의 사업마저 타격을 입게 되었다. 한때 강릉 최고의 대갓집 안주인으로 칭송받던 이씨는 자신과 가문의 명성에 치명적인 홈집이 난 이 사태로 인해 당분간 사업을 중단하기로 결정했다.

이씨는 깊은 고민에 빠졌다. 그녀는 불미스러운 소문을 차단하고자 딸들을 하루빨리 시집보내기로 작정했다. 하지만 얼마 전 아버지 이사온이 세상을 떠나며 재산과 가업을 모두 물려받은 상황에서 가족 중 누군가는 집에 남아 가업을 이어가야만 했기 때문이다. 며칠 밤을 뜬눈으로 지새운 이씨는 마침내 결단을 내렸다. 이씨는 집안의 맏이였던 둘째 딸 인선을 통해 가업을 이어가기로 결심했다. 이를 위해, 자신이 그랬던 것처럼 누군가 다루기 만만한 사내를 찾아 데릴사위로 들이기로 했다.

이씨는 사윗감을 찾기 위해 동분서주했다. 그녀는 양반가의 자제를 물색하며 일일이 가문 배경과 인성을 조사했고, 때때로 중매쟁이들과 비밀리에 만나 흥정을 하기도 했다. 한편, 딸들에 대한 신부수업은 신부수업대로 한 치의 소홀함도 없었다. 특히 데릴사위를 맞을 인선에 대한 통제는 유난히 엄격했다.

이씨는 인선의 혼처가 나타날 때까지 그녀의 드센 성격을 다스려 엔간한 규수로서의 모습을 갖추게 하고자 했다. 일을 그만둔 이씨가 집에 머물며 인선을 감시하는 통에, 인선은 꼼짝없이 그녀의 말을 따를 수밖에 없었다. 이씨의 부단한 노력 덕분에 인선의 드센 성격도 점차 가라앉는 듯했으며 거친 언행도 점차 사그라졌고, 어느새 인선은 입만 다물고 의복만 잘 갖춰 입으면 겉모습만큼은 멀쩡한 양반집 규수의 모습을 갖추어 갔다.

illustration : Generative AI DALL-E

6. 억지 결혼

新月壓淸波
雁行將難合
秋露沉霜夜
花枝強結果

초승달이 맑은 물결을 누르고
기러기 떼 쉽게 모이지 않네
가을 이슬 서리 밤을 깊게 적시고
꽃가지에 억지 열매가 맺히네

ChatGPT

이씨의 노력에도 불구하고 인선의 혼처는 쉽사리 나타나지 않았다. 이리저리 인선의 혼처를 알아보던 이씨는 주변에 마땅한 자리가 나지 않아 깊은 고민에 빠졌다. 이씨 가문은 대대로 강릉에서 상당한 영향력을 지닌 집안이었으나, 최근 몇 년간 굳건했던 가문의 기반이 모래성처럼 무너져 내리는 듯 가문의 위상이 크게 흔들리고 있었다. 하지만 명색이 강릉 유지의 집안으로서 첫 번째 혼사를 바라보는 사람들의 눈을 의식하지 않을 수 없었다. 이씨 부부는 가문의 위상을 회복하기 위해 시간이 걸리더라도 명성 있는 가문의 자손을 사위로 맞이하기로 결심했다. 그러나 최근 시끄러웠던 소문들이 강릉 전역을 휩쓸고 지나간 탓에, 인근에서는 적당한 혼처를 찾기가 하늘의 별 따기만큼이나 어려웠다. 이에 가급적 강릉 사정을 모르는 집안을 찾아야 했던 이씨는 남편 신명화를 한성으로 보내 사윗감을 살펴보라고 하기에 이르렀다.

"이번 혼사는 우리 집안의 명운이 걸린 일입니다."

신명화는 무거운 마음으로 고개를 끄덕였다. 그는 곧 한성으로 떠나, 딸의 미래와 가문의 운명을 걸고 사윗감을 물색하기로 했다. 기묘사화로 인해 한성을 떠난 지 3년, 모처럼 한성으로 돌아온 신명화는 오랜 친구와 지인들을 만나며 수소문을 시작했다. 지인들과 차를 마시며 조언을 구하고, 명문가의 자제를 추천받기 위해 오랜 지인들의 도움을 청했다. 처음에는 여러 명문가의 자제들을 만나보았으나 대부분은 이미 혼처가 정해져 있거나 조건이 맞지 않앉다. 신명화는 실망하지 않고 계속해서 사람들을 만났고, 수많은 대화와 탐문 끝에 파주 출신의 한 총각에 대한 이야기를 들을 수 있었다. 그의 이름은 덕수 이씨 가문의 이원수라고 했는데, 그의 당숙이 영의정과 좌의정을 지낸 명문가의 자손이었지만 부친이 세상을 떠나며 가세가 기울어 지금은 한성 언저리에서 홀어머니와 함께 어렵게 지내고 있었다.

신명화는 망설임 없이 이원수를 찾아가 거액의 돈을 제시하며 그의 고향인 파주에 어머니를 위해 새로운 집을 마련해 주고 생활을 도울 노비를 제공하겠다고 약속했다. 이원수는 잠시 망설였다. 집안의 외동아들로서 홀어머니를 곁에서 보살펴야 한다는 책임감과 아들로서 어머니에게 더 나은 삶을 제공할 수 있는 기회 사이에서 그의 마음이 갈등했다. 하지만 현실은 냉혹했다. 부친이 세상을 떠난 후 과거를 치르지 못해 변변한 지위도 없이 지내왔다. 이원수의 눈앞에 그간의 고단한 삶이 스쳐 지나갔다. 혼자서는 마땅히 재산을 마련하기는커녕 당장의 생계를 이어갈 방법도 없었던 나날들… 이원수에게는 이보다 더 좋은 기회가 달리 없었다. 그렇게 이원수는 흔쾌히 이 조건을 수락하고, 데릴사위가 되어 강릉으로 향하게 되었다.

사윗감을 구하며 이씨로서는 모든 일이 순조롭게 풀어지고 있었다. 강릉에서는 한성에서 정승을 지낸 집안의 자제가 사위로 내려온다는 소문이 퍼지며 그동안 떨어진 이씨의 위상을 다시 찾을 수 있었고, 한동안 중단했던 이씨의 가업 또한 다시 활기를 띠게 되었다. 그러나 정작 인선의 마음은 편치 않았다. 한때 뭇 사내들을 골라가며 자유롭게 지내던 인선이었건만 정작 자신은 알지도 보지도 못한 낯선 인물을 남편으로 맞는 것은 쉽게 받아들일 수 없었다. 더군다나 서둘러 혼사를 치르려는 어머니의 속내를 모를 리 없었기에 인선의 마음은 수치심으로 가득했고 혼삿날이 정해지자 한동안 잦아들었던 드센 성격을 다시 드러내며 거세게 반항했다.

"얘야, 네가 그와 혼인을 한다고 해서 달라질 건 아무것도 없단다. 집에서 함께 지낼 것이니 너무 걱정 말거라."

인선의 굳게 닫혔던 마음을 열어준 것은 아버지 신명화의 한마디였다. 그녀에게 아버지는 특별한 존재였다. 비록 멀리 떨어져 지내 늘 곁에 있어주진 못했지만, 강압적인 어머니 이씨와는 달리 신명화는 인선에게 한없이 온화한 사람이었다. 신명화는 첫째 딸 인숙을 어린 나이로 잃은 뒤, 둘째 딸 인선에게 더욱 마음을 쓰고 있었다. 신명화는 16년이라는 긴 세월 동안 가족과 떨어져 지내느라 인숙을 제대로 돌보지 못했다는 죄책감이 컸다. 인숙의 죽음으로 마음에 깊은 상처를 입은 신명화는 인선을 통해 그 상처를 조금이나마 치유하고자 했다. 한성에서 돌아올 때마다 신명화는 인선에게 곱게 싸 가지고 온 노리개를 하나씩 건네주며 인숙에게 표현하지 못한 애정을 인선에게 전하려고 했었다. 항상 반가운 존재였던 아버지, 오랫동안 이어진 신명화의 진심 어린 위로에 인선은 마침내 이원수와의 혼인을 받아들이게 되었다.

illustration : Generative AI DALL-E

7. 떠돌이 사위

雲水兩鄕隔
孤舟隨風流
山路轉無盡
心波亂東西

구름과 물 사이 두 고향은 갈리고
외로운 배는 바람 따라 흘러가네
산길은 끝없이 돌고 도는데
마음의 물결은 동서로 어지럽네

ChatGPT

　　　　　인선의 나이 19세, 겨우겨우 성사된 혼인이었지만 인선의 결혼 생활은 순탄치 않았다. 혼인의 예를 마친 지 얼마 되지 않아 인선은 아버지 신명화의 갑작스러운 죽음을 맞이하게 되었다.

"아버지…"

인선은 그리운 아버지를 가슴에 묻어야 했다. 비록 일 년에 한두 번뿐이었지만 이씨의 엄한 통제 아래에서도 자상한 아버지와 함께하는 그 짧은 시간만큼은 행복했건만… 이제 그마저도 인선의 곁을 영영 떠나고 만 것이다.

남편 이원수 또한 이원수대로 결혼과 동시에 장인을 잃은 슬픔을 먼저 겪어야만 했으니, 갓 장가든 이원수는 남자가 없는 처가의 사위로서 아들 노릇을 해내야 했고 급기야는 3년간 장인의 시묘살이까지 도맡아 해야 했다. 시간이 흘러 한성을 떠나온 지 3년, 이원수는 24세가 되어서야 비로소 인선과 함께 어머니 홀로 계신 한성으로 향할 수 있었다. 장인의 급작스러운 죽음으로 인해 그동안 어머니에 대한 아무런 지원도 하지 못했던 그의 마음은 항상 죄책감으로 가득 차 있었다. 장인의 상을 모두 치른 후에야 그는 처가에서 마련해 준 돈과 어머니를 봉양할 몇몇 노비들을 데리고 고향인 파주로 이사를 갈 수 있었다.

인선은 파주에서 지내는 동안 첫아들 이선을 출산했다. 이사만 마치고 친정으로 돌아갈 계획이었지만 예상치 못한 출산으로 어쩔 수 없이 한동안 파주에 머물며 몸조리를 해야 했다. 시어머니의 따뜻한 보살핌 속에서 인선은 천천히 체력을 회복해 갔다. 하지만 그녀의 마음 한 켠에는 걱정이 자리 잡고 있었다. 그녀 역시 강릉에 홀로 계신 어머니 이씨의 사업을 이어가야 했던 바, 조리를 마친 인선은 곧바로 남편 이원수와 아들 이선을 데리고 강릉으로 발길을 돌렸다.

결국 파주에는 시모 홍씨 홀로 남게 되었다. 아무리 고향이 좋고 새 집이 훌륭하다 해도 평생을 하나뿐인 외동아들 이원수만 바라보며 살아온 홍씨에게 이별은 가슴 아픈 일이었다. 가족으로 함께 모여 살면 좋으련만 함께 지낸 지 얼마 되지도 않아 다시 먼 곳으로 떠나는 아들의 뒷모습을 바라보며 홍씨는 쓸쓸한 마음을 감추지 못했다.

"아들아, 어미를 두고 가는구나.
멀리 있더라도 몸 건강하고 자주 소식 전해다오."

어머니의 떨리는 목소리가 이원수의 귓가에 맴돌았다. 강릉으로 향하는 길, 그의 발걸음은 무거웠고 마음은 더욱 무거웠다. 강릉에 도착한 후, 인선은 곧바로 어머니 이씨의 사업을 이어받으며 새로운 생활을 시작했다. 하지만 이원수는 마음 한구석에 파주에 홀로 계신 어머니에 대한 미안함을 지우지 못했다. 그리고 그의 가슴에는 또 다른 무게가 자리 잡고 있었다. 바로 과거 시험에 대한 부담이었다. 특히 그의 사촌들은 이미 과거에 급제하여 가문의 명예를 높이고 있었는데 이는 이원수에게 큰 부담으로 작용했다. 그 역시 가문의 기대에 부응해야 한다는 압박감에 시달렸다.

그러나 현실은 그의 꿈을 쉽게 허락하지 않았다. 장인의 상을 치르며 책에서 손을 놓은 사이 시간은 훌쩍 지나갔고 새로운 생활을 시작하는 강릉과 홀로 남은 어머니가 있는 파주 사이에서 그는 끊임없이 갈등했다. 파주를 다녀온 날이면, 이원수는 며칠 동안 책을 손에 잡을 수가 없었다. 책을 펴면 어머니 생각에 집중이 되지 않았고, 어머니를 찾아뵈면 과거 공부에 대한 걱정으로 마음이 무거웠다.

'아, 내가 무엇을 어찌해야 하나…'

모질지 못한 성격에 이러지도 저러지도 못하며 마음만 약해진 그는 결국 파주와 강릉을 오가는 떠돌이 생활을 시작했다. 그렇게 일 년에도 몇 번씩 먼 길을 오가야 했던 이원수는 자신의 삶이 어디로 향해 가는지 알 수 없었다. 그러는 사이 과거는 점점 먼 이야기가 되어갔고 과거 준비를 위해 책을 펼 시간도, 공부할 마음의 여유도 사라져 갔다. 양반의 길이라 믿었던 과거는 이제 더 이상 그의 미래가 아니었다.

8. 험난한 처가살이

落葉隨風去
寒雁孤影飛
江流東西轉
心斷無所歸

낙엽은 바람 따라 흩어지고
외로운 기러기 그림자만 홀로 날아가네
강물은 동서로 휘돌아 흐르고
끊어진 마음은 돌아갈 곳 없네

ChatGPT

　　　　부잣집 사위로 장가를 들어왔다고는 했지만 정작 이원수의 삶도 기구하여 하루하루가 편한 날이 없었다. 남편을 잃고 히스테리가 심해진 이씨는 남편의 급작스런 사망을 사위인 이원수의 탓으로 돌렸다. 특히 이원수가 과거 시험 준비는 뒷전인 채 파주와 강릉을 분주히 오가는 모습을 볼 때마다 이씨의 분노는 극에 달했다. 그녀는 이원수를 가문의 모든 경제적 활동에서 철저히 배제시켰다. 가업은 물론 재산 관리에 이르기까지 이원수의 손길이 닿지 않게 했고 모든 관심과 기대를 딸 인선에게 쏟았다.

　"부정한 놈, 처음부터 너는 우리 집안과는 맞지 않는 사람이야."

　이원수는 하루에도 몇 번씩 이어지는 장모의 구박에 점점 지쳐갔다. 파주를 오가는 사이 과거 준비는 엄두도 낼 수 없었고 집안에서조차 설 자리를 잃은 그는 시간을 보내기 위해 마을 주막을 전전하거나 갓난아들 이선이나 돌보며 하루하루를 보내는 것이 일상이 되었다.

　그렇게 한 해 두 해 세월이 흐르며 이원수에 대한 좋지 않은 소문이 마을에 퍼지기 시작했다. 한때 한성의 덕망 높은 집안 출신이라 알려졌던 그가 이제는 할 일 없이 빈둥거리는 부랑아로 전락했다고 수군거리기 시작했다. 오래전 인선의 추문으로 인해 큰 곤욕을 치르며 소문에 예민했던 이씨는 이를 못마땅히 여겨 어떻게 해서든 이원수를 집에서 내보내기로 마음을 먹었다.

"자네, 당장 한성으로 가서 과거에 급제하기 전까지는 이 집에 발도 들이지 말게."

이씨는 과거에 급제할 때까지 10년간의 기간을 주어 이원수를 집에서 쫓아냈다. 그 사이 이씨는 자신이 운영하던 가업과 소작 토지를 하나하나 인선에게 전수했고 인선은 어머니의 가르침 아래 점차 강릉의 큰손으로 성장해 갔다.

한편 한성으로 쫓겨 간 이원수는 그 해 치른 과거시험에서 낙방의 쓴맛을 보았다. 좌절감에 빠진 그는 파주의 홀로 계신 노모를 모시며 위안을 찾고자 했다. 결혼 후 다섯 해 동안 이원수의 삶은 끊임없는 고난의 연속이었다. 첫 세 해는 장인의 상을 치르며 꼼짝없이 세월을 다 보내버렸고, 이어진 두 해는 파주와 강릉을 오가며 노모를 봉양하느라 떠돌다 보니 변변히 공부 한 번 제대로 할 수 없었다.

이원수는 27살이 넘은 지금에서야 자신의 처지를 냉정히 바라보게 되었다. 과거의 급제는 물론 관직에 대한 의지마저 사라진 지 오래였음을 인정할 수밖에 없었다. 이 상황에 대해 누구를 탓할 수도 없었다. 모든 것이 자신의 선택과 행동의 결과였기 때문이다. 돌아보면 아내인 인선에게는 남편도 아니었고, 그렇다고 집안의 어른도 아니었다. 이원수는 자신이 결국 남의 가문, 처가의 명성을 위한 허울뿐인 존재로 전락했다는 쓰라린 깨달음을 얻었다. 돈에 이끌려 데릴사위로 강릉의 처가에 들어온 그 선택이 자신의 인생 최대의 실수였던 것이다.

이원수는 한 해가 지나고 다시 치른 과거에도 또다시 낙방하고 말았다. 첫 낙방 후의 좌절감보다 더 큰 무력감이 그를 휘감았다. 그는 자신이 처가의 기대에 부응하지 못하고 있다는 생각에 크게 괴로워했지만 강릉을 떠나온 지 어느새 2년, 오랫동안 보지 못했던 아들 이선을 걱정하며 처가를 찾아갔다. 오랜

만에 만난 아들과의 시간은 그에게 잠시나마 위안이 되었다. 그러나 아들과 함께한 시간도 잠시뿐, 과거 급제 약속을 지키지 못한 이원수는 곧 처가에서 다시 쫓겨날 수밖에 없었다. 갈수록 그는 어디에도 속하지 못하는 자신을 느끼며 그 누구에게도 기댈 곳이 없다는 절망감을 느꼈다. 하지만 이원수의 처지를 아랑곳하지 않은 장모와 인선은 공부하기 좋은 곳이라며 설악산 너머 한 산사로 이원수를 내몰았다.

백담사는 설악산의 이름난 절이었지만 이원수에게는 그저 또 다른 유배지에 불과했다. 과거 준비라는 명목으로 이곳에 왔으나 고요한 산사의 풍경은 오히려 그의 마음을 더욱 혼란스럽게 만들었다. 책을 펼 때마다 가족의 얼굴이 떠올랐고 경전 소리에 섞여 아들의 웃음소리가 들리는 듯했다.

그곳에서의 시간이 길어질수록 어릴 적부터 가족을 그리워하던 이원수의 마음은 더욱 약해져만 갔다. 사계절이 변하는 동안 그는 산사에 들어갔다 나오기를 수차례, 고독한 수행승들 사이에서 그는 자신의 존재 이유를 찾지 못한 채 점점 더 나약해져갔다.

이원수가 또다시 산사에서 집으로 돌아온 날, 상황은 극에 달했다. 인선의 인내심은 이미 한계를 넘어섰고 남편의 우유부단함에 대한 불만은 극단적인 형태로 표출되었다. 인선은 이원수 앞에 앉아 충격적인 행동을 취했다. 그녀는 가위로 자신의 머리카락을 자르기 시작했던 것이다.

"제대로 공부하지 않으면, 내가 비구니가 되어 떠나겠어요."

아내의 극단적인 행동과 위협적인 말에 그는 다시 한번 집을 떠나야만 했다. 하지만 이미 그의 마음속에는 과거에 대한 의지가 사라진 지 오래였다. 관직에 뜻을 잃은 이원수는 백담사에 머물며 3년이 되는 해, 결국 학문의 길을 포기하고 강릉의 처가로 돌아왔다. 그 사이 둘째 아이 매창을 출산한 인선도 이원수에 대한 기대를 접었다.

"강릉에 있는 동안은 집에서 아이들이나 돌보세요."

그녀는 자신의 사업터전인 강릉에서 남편의 평판이 더 이상 나빠지는 것을 원치 않았다. 그녀는 이원수에게 가급적 파주 본가에 가서 지내기를 바랐고, 강릉에 있을 때는 바깥출입을 자제하고 조용히 집에서 아이들을 돌보기를 요청했다. 이원수의 행세는 분명 높으신 양반 어른이었지만, 하루 종일 사슬에 묶인 듯 사랑채를 벗어나지 못하고 넋을 놓고 하늘만 바라보는 것이 일상이 되어버렸다.

慈親鶴髮 在長安 (자친학발 재장안)　늙으신 어머님 고향에 두고
身在臨瀛 獨去情 (신재임영 독거정)　외로이 강릉에 사는 이 마음
回首長安 時一望 (회수장안 시일망)　돌아보니 한성은 아득도 한데
白雲飛下 暮山靑 (백운비하 모산청)　흰 구름만 저문 산을 날아 내리네

어머니를 그리워하며 시를 지어 읊조리기를 몇 해, 이원수의 일상은 집안에 갇혀 아이들을 돌보고 가끔 홀로 계신 어머니께 편지를 써 보내는 것이 전부였다. 신분이 양반이면 무엇하나, 하루하루 고독과 외로움에 가슴을 짓눌리며 그의 삶은 어울려 일하며 자유롭게 대문을 오가는 노비만도 못한 처지가 되었다. 자기 일에 바쁜 인선은 그런 이원수를 철저히 외면했다. 하지만 이씨의 태도는 인선과는 또 달랐다. 이원수가 과거 준비를 포기하고 돌아오던 그날부터 그녀는 눈총과 잔소리를 쏟아부으며 한시도 그를 가만두지 않았다.

결국 이원수는 제 발로 강릉을 떠나 파주의 본가로 돌아갈 수밖에 없었다. 처가의 재산 덕분에 주머니는 두둑했지만 강릉에서도 파주에서도 그에게는

누구 하나 마음을 나눌 친구도, 마음을 둘 가족도 없었다.

본가에 도착한 이원수를 맞이한 것은 차가운 적막과 어머니의 복잡한 눈빛이었다. 그 눈빛에 담긴 반가움과 연민이 이원수의 마음을 더욱 무겁게 했다. 이원수는 마음의 공허함을 달래기 위해 주막집을 전전하기 시작했다. 처음에는 단순한 위로를 찾아 갔던 주막집이 이제는 그의 일상이 되어버렸다. 하루가 이틀이 되고 이틀이 한 달이 되었다. 이원수의 주머니에서 쏟아지는 돈과 함께 그의 품위도 흘러내렸다. 손쉽게 돈을 뿌리며 사람들을 즐겁게 하는 그의 모습은 천하의 한량 그 자체였다.

파주는 물론 인근 송도의 기방까지 그의 발길이 닿지 않는 곳이 없었다. 그의 주머니는 항상 두둑했고 돈을 쓰는 데에 인색함이 없었으니, 주막집 주인과 기방의 여인들은 항상 그의 방문을 기다렸고 이원수가 나타날 때마다 환호하며 맞이했다. 시간이 지나며 강릉에서의 제약된 삶과는 달리 파주에서 그는 완전히 다른 사람이 되었다. 천하의 한량이 된 이원수의 주변에는 항상 사람들이 끊이지 않았다.

illustration : Generative AI DALL-E

遠山連不西
母子牽手安
秋風搖芒草
故里夢悠然

9. 유랑자 부인

갈 길 먼 산 푸르게 이어지고
아이 손 잡고 평안히 걷는가
가을바람이 억새풀을 흔들고
고향 그리는 꿈은 아득히 퍼져가네

ChatGPT

"이번에는 저랑 같이 갑시다.
어머니 몸도 불편하시다고 하니 말입니다."

오래전 한 차례 시댁을 방문한 뒤로 친정에만 머물던 인선은 둘째 아이 매창을 낳고서야 다시 시댁을 방문하기로 했다. 항상 남편 혼자 다녀오던 시댁을 이번에는 인선이 직접 가보기로 한 것이다. 시댁에 손녀딸을 보여드린다는 명분을 내세워 어린 매창을 데리고까지 굳이 따라나선 데는 특별한 이유가 있었다. 이원수를 통해 시댁에 보내던 생활비가 어느 순간부터 부쩍 늘어났기 때문이었다. 이 갑작스러운 변화는 인선의 마음에 의구심을 불러일으켰고 인선은 직접 가서 시댁의 형편을 살펴보기로 한 것이다.

시댁에 도착한 인선은 다리를 다쳐 걸음이 불편한 시어머니 수발 외에는 특별히 돈이 들어갈 구석을 찾을 수 없었다. 이 사실은 인선의 마음에 의문을 더했다. 금고를 열어본 인선의 얼굴이 창백해졌다. 텅 비어있는 금고는 그녀의 의심을 확신으로 바꾸어 놓았다. 남편에 대한 불신이 가슴 깊이 자리 잡았지만, 동시에 복잡한 감정이 그녀를 휘감았다.

병든 어머니를 홀로 모시는 남편의 모습은 인선의 마음을 무겁게 했다. 분노와 연민, 의심과 동정이 뒤섞인 채 그녀는 깊은 한숨을 내쉬었다. 결국 인선은 더 이상 캐묻지 않기로 했다. 대신 그녀는 넉넉히 생활비를 채워주었다. 사흘이란 짧지만 긴 시간 동안 시댁에 머물며 인선은 이제 곧 친정으로 돌아가야만 했다. 하지만 몸이 불편한 시어머니를 그냥 두고 가는 것이 차마 마음에 걸린 인선은 쉽사리 발걸음을 떼지 못하고 한참을 망설였다. 잠시 침묵하던 그녀는 결단을 내렸다. 시어머니의 다리가 완쾌될 때까지 함께 지내기로 한 것이다.

아는 이 아무도 없는 남의 고장 파주라 나다닐 데도 없었고 꼼짝없이 시댁에만 머물게 된 인선은 모든 게 마땅치 않았지만 시어머니의 다리만 나으면 곧 돌아간다는 생각에 특별히 내색하지는 않았다. 하지만 시어머니의 다리는 시간이 지나도 나을 기미가 없었고 인선은 생각보다 더 오래도록 시댁에 머무를 수밖에 없었다.

오랜 시간 시어머니를 수발하며 지내던 어느 날, 인선은 친정에서 보내온 사람을 통해 친정어머니의 건강이 급격히 악화되었다는 소식을 듣고 잠 못 이루는 날이 늘어갔다. 파주의 시댁과 강릉의 친정, 너무도 먼 두 집 사이에서 인선은 이러지도 저러지도 못하는 난감한 상황에 빠졌다. 양쪽 모두를 저버릴 수 없는 그녀의 마음은 갈피를 잡지 못했다. 며칠을 고민한 끝에 그녀는 해결책을 찾아냈다. 바로 그 중간쯤에 있는 봉평에 집을 구해 살며 양가를 살피기로 한 것이었다.

봉평은 여러 면에서 적합한 선택이었다. 친정인 강릉과 가까워 어머니의 건강을 살피기 좋았고 시댁과의 거리도 적절했다. 더욱이 외가 친척들이 모여 살고 있어 정착하기에 안성맞춤이었다. 특히 외삼촌 가족이 대대로 봉평에서 살아왔기에 인선에게는 전혀 낯선 땅이 아니었다. 이는 아이들을 키우는 데에도 큰 도움이 되었다. 급할 때 아이들을 맡길 수 있는 친척들이 가까이 있다는 것은 큰 안심이었다.

그렇게 인선은 봉평에 새 보금자리를 마련하고 파주와 봉평, 강릉을 오가는 새로운 삶을 시작했다. 봉평에 정착한 지 1년 만에 셋째를, 그리고 2년 후 넷째를 낳으면서 인선의 가족은 더욱 커졌다. 이제 그녀의 일상은 완전히 달라졌다. 한때 강릉에서 가업을 운영하며 당당하고 자유롭게 지내던 모습은 찾아보기 힘들어졌다. 대신 네 남매를 키우며 식솔들을 돌보는 억척스러운 아줌마로 인선은 변모해갔다. 그녀의 삶은 더욱 바빠졌다. 한편으로는 봉평에서 가족을 돌보면서 다른 한편으로는 강릉의 사업을 계속 관리해야 했다. 주기적으로 강릉을 오가며 사업을 점검하고 동시에 시어머니의 안부를 확인하기 위해 파주로, 친정어머니의 병세를 살피기 위해 강릉으로 향하는 여정도 계속되었다.

illustration : Generative AI DALL-E

비밀놀이

10. 파주의 황진이
11. 기생 앞에 선 규수
12. 황진이의 초대
13. 인선의 눈물
14. 황진이의 고백
15. 벗이 된 두 여인
16. 기생 수업
17. 황진이의 남자들
18. 내 이름 명월이
19. 또 다시 이별
20. 나의 사랑, 소세양

illustration : Generative AI DALL-E

10. 파주의 황진이

高臺樂聲遠
歌舞繞亭閒
賓客共歡笑
遊船滿花迎

높은 정자에 음악 소리 멀리 퍼지고
노래와 춤이 정자를 감돌며 한가롭구나
손님들 함께 웃으며 즐거워하고
꽃놀잇배 한가득 나를 맞이하네

ChatGPT

　　　　시어머니의 다리가 나은 후 인선의 파주 방문은 점차 줄어들었다. 제사와 명절을 제외하고는 대부분 이원수를 혼자 보내게 되었다. 시간이 흐르면서 부부 사이의 거리는 점점 더 멀어져갔고 이원수는 인선의 삶에서 서서히 남이 되어갔다. 가끔 인선이 파주 시댁을 방문할 때도 도착한 첫날을 제외하고는 남편의 얼굴을 보기가 힘들었다. 천하의 한량이 되어버린 이원수는 집에 있는 날보다 밖에서 지내는 날이 더 많았다. 그나마 집에 있을 때도 대부분의 시간을 술에 취해 주태백이 되어 사랑채에 누워 잠이나 자곤 했다. 하지만 인선은 그저 혀를 찰 뿐 그의 행동을 개의치 않았고 그의 존재감은 인선의 일상에서 점점 사라져갔다.

　추석을 앞둔 어느 날, 시댁에 머물던 인선에게 충격적인 소식이 들려왔다. 인선은 조용히 귀띔을 해주는 몸종 보선을 통해 주막에나 가서 궁상이나 떨 것 같았던 남편 이원수의 씀씀이가 꽤나 지나치고 송도와 한성에까지 가서 원정 유흥을 하고 온다는 것을 알게 되었다. 곳간의 쌀이 없고, 금고에 돈이 없는 이유도 다 그 때문이라는 것이었다. 더욱 놀라운 것은 송도의 황진이라는 기생에 관한 이야기였다. 시·서·화·창·무에 능해 조선 최고라 일컬어지는 이 여인을 찾아 전국의 사내들이 모여들고 있었고 이원수도 그 중 하나였다. 시도 때도 없이 송도로 황진이의 기방을 찾아가고 그녀의 공연장을 따라다닌다는 것이었다. 게다가 황진이가 한성을 다니는 길에 가끔씩 임진나루 근처의 요정인 임진각에 머물며 화석정에서 며칠씩 공연을 하는데, 괜찮은 유곽 하나 없는 조그만 시골 파주에서 정기적으로 공연을 하게 된 것은 다 이원수가 큰 돈을 들여 마련한 것이라고 했다. 보선이 들려주는 그동안의 남편의 행실에 대해 한참동안 귀를 기울이던 인선은 분통을 터뜨리며 어찌할 바를 몰랐다.

어려서부터 남자들을 다루는 데 일가견이 있었던 인선에게 심신이 유약한 남편 정도는 우습게 여겼던 존재였다. 그러나 지금의 현실은 달랐다. 강릉에서의 삶과는 정반대로, 이제는 남편이 집 밖을 나다니고 자신이 집안에 머무는 거꾸로 된 일상을 살고 있었다. 이 역전된 상황에 인선의 자존심은 크게 상처받았고, 가만히 두고 보고만 있을 수가 없었다. 그러던 어느 날 이원수가 또다시 의관을 차려 입고 집을 나서는 모습을 본 인선은 결단을 내렸다. 인선은 보선에게 그의 행선지를 알아보라고 했다. 인선의 지시로 몰래 그의 뒤를 밟아 따라갔던 보선은 얼마후 돌아와 이원수가 있는 장소를 알렸고 그 소식을 들은 인선은 황급히 그곳으로 향했다.

보선을 따라 도착한 곳은 임진강가 벼랑 위에 자리잡은 작은 정자, 화석정이었다. 멀리서부터 거문고, 장고, 풍악소리가 요란한 것이, 백주대낮에 벌써부터 술판이 벌어져 있었다. 오늘은 한 달에 한 번씩 황진이가 앞장선 송도의 기생들이 원정 공연을 나온 날이었다. 발아래 임진나루에는 꽃가마 실은 놀잇배가 가득한 것이, 수령이란 작자는 기생들과 함께 배를 띄우고 놀고 있었고 할 일 없는 파주 남정네들이 화사하게 차려입은 기생들의 품안에서 흥청이는 모습은 인선의 눈에 곱게 보일 리가 없었다.

글을 쓰고 시를 읊고 그림을 그려 나눠주고 노래를 부르고 춤을 추며 화려하게 행사 중인 황진이와 그녀의 일행들. 그 안에서 술에 취해 덩실덩실 춤을 추고 있는 남편의 모습을 보고 기겁한 인선은 눈이 뒤집히고 입에 거품을 물 지경이었다. 화가 머리끝까지 치민 인선이었지만 명색이 강릉이라는 관동지역의 최대 유지인 자신의 체면도 있고 잔치판에 보는 눈도 많아 그저 멀리서 나무 뒤에 숨어 그 광경을 조용히 바라보는 수밖에 없었다. 보선의 손을 꼭 잡고 한동안 어찌할 바를 모르던 인선은 못내 터져 나오는 화를 가라앉히고 그 자리를 떠나야만 했다. 집으로 돌아온 인선은 마음속의 화를 삭이려 했지만 끝내 화병을 얻어 며칠을 누워 앓게 되었다.

이 사건은 인선의 삶에 깊은 균열을 가져왔다. 네 아이를 혼자 돌보는 책임감은 날이 갈수록 그녀의 어깨를 무겁게 짓눌렀다. 한때 활기차고 자유분방했던 그녀의 본성은 이제 억눌린 채 깊숙이 감춰져 있었다.

"내가 언제부터 이렇게 되었지…"

인선은 종종 거울 속 자신의 모습을 보며 중얼거렸다. 시댁이라는 제약과 아이들로 인해 자신의 끼를 마음껏 펼치지 못하는 현실은 그녀를 점점 더 답답하게 만들었다. 남편의 방탕한 행실을 목격한 그날 이후 네 아이들은 그녀에게 자유를 속박하는 족쇄처럼 느껴지기 시작했다.

인선의 마음 깊은 곳에서는 자신도 모르게 울분과 분노가 용암처럼 쌓여갔다. 그리고 그 뜨거운 감정의 화살은 점점 가장 가까이에 있는 아이들을 향하기 시작했다. 이원수가 집에 들어오지 않는 날이면, 그녀는 자신의 마음을 이해하지 못하는 아이들에게 화풀이를 하며 분을 풀기 시작했다. 겁에 질린 아이들의 눈물을 보면서도 그녀는 자신의 행동을 멈출 수 없었다.

매일 남편의 뒤를 쫓아다닐 수도 없었고 그의 허튼 짓을 말리지 못해 속이 터지는 것보다는 차라리 모르는 척하는 게 낫다고 생각한 인선은 점점 현실을 외면하기 시작했다. 파주에 머무는 동안 그녀의 일상은 남편의 행동을 무시하고 아이들에게 화풀이를 하는 것으로 채워져 갔다. 한때 사랑스러웠던 아이들의 웃음소리는 이제 그녀에게 짜증을 불러일으켰고 가정의 따뜻함은 서서히 사라져갔다.

illustration : Generative AI DALL-E

11. 기생 앞에 선 규수

醉客歡聲止
狂風怒氣連
夢中誰舞劍
寂寞花無言

취객의 환성은 멈추고
거센 바람에 분노는 이어지네
꿈속에서 누군가 검을 휘두르나
적막한 꽃은 말없이 피어나네

ChatGPT

'황진이라고 했지?'

 마루에 걸터앉아 넋을 놓고 있던 인선의 머릿속에 문득 화석정의 광경이 떠올랐다. 황진이를 향해 환호하는 사내들 그리고 그들과 어울려 신나게 노래 부르고 춤추는 모습이 선명하게 그려졌다. 그 순간 인선의 입가에 희미한 미소가 번졌다. 결혼 전 그녀 역시 그런 시절이 있었다. 비록 노비들이었지만 나름 아쉬울 것 없이 데리고 놀며 지내던 때. 자유롭게 자신의 끼를 발산하며 즐겼던 그 시절이 그리웠다. 하지만 그 미소는 오래가지 못했다. 곧이어 마음껏 재능을 펼치며 남정네들 사이에서 당당히 어울리고 있는 황진이에 대한 질투심이 솟구쳐 올랐다.

 갑자기 격해진 감정을 주체할 수 없었던 인선은 방으로 들어가 문을 잠갔다. 그리고는 혼자 흥얼거리며 노래도 하고 춤도 춰보았다. 그러나 그것은 한때의 열기에 불과했다. 금세 싫증이 난 인선은 이리저리 방안을 서성이다가 나와 난데없이 공부하고 있는 아들의 먹과 벼루를 뺏어 혼자 그림도 그려보고 글도 써보았다. 그러나 무엇을 그려야 할지, 무슨 글을 써야 할지, 어릴 적 외조부와 김성삼에게 잠시 배운 적이 있던 글과 그림은 이제 아득히 먼 과거가 되어버렸다. 어머니로부터 가업을 인수하기 위해 붓을 놓은 지 20년. 그 세월은 인선의 재능을 무디게 만들어버렸다. 뜻대로 써지지도 그려지지도 않는 붓놀림에 인선의 좌절감은 더욱 깊어갔다. 그녀는 이내 붓을 던져버리고 헛웃음만 치고 앉아 답답한 마음을 가누지 못했다.

'결혼이 나를 망쳤다.'

남편의 행동을 그냥 볼 수만은 없었던 인선은 봉평으로 돌아갈 생각도 잊은 채 추석을 지내고 한달을 또 파주에서 보내고 있었다. 그러던 어느 날, 인선은 이원수가 여느 때와는 달리 금붙이를 잔뜩 숨겨 들고 나가는 것을 이상하게 여겨 따라나섰다. 아니나 다를까 또다시 화석정에서는 풍악 소리 요란한 것이, 술과 향수 냄새가 뒤엉키며 남자들의 거친 웃음소리와 기생들의 현란한 춤사위가 어우러진 황진이의 잔치가 성대하게 열려 있었다.

오만 기생들의 환대를 받으며 정자에 올라 신바람이 난 남편은 얼쑤절쑤 춤을 추며 이년 저년 기생들을 품어 안아보는가 싶더니 냉큼 구석자리 한 기생의 치마폭에 벌렁 누워서는 돈과 금덩이를 팁이라며 나눠주며 시시덕거리고 있는 것이 아닌가.

'지랄이다.'

한심한 남편의 모습에 눈이 뒤집힌 인선은 결국 화를 참지 못하고 화석정 정자로 뛰어 올라가 한참 흥이 오른 잔치판을 깨버렸다. 이미 이성을 잃은 인선은 억센 관동 사투리를 써가며 술상을 한 판 한 판 모조리 뒤엎었다. 어느새 자리에 있던 기생들과 남정네들은 인선의 기세에 눌려 도망쳤다. 술과 음식이 바닥에 어지럽게 흩어졌고 화석정은 순식간에 아수라장이 되었다. 인선은 끝자리에 조용히 앉아 그녀의 기행을 물끄러미 바라보고 있던 황진이에게 다가갔다.

"네년이 황진이냐?"

인선의 분노는 폭풍우처럼 화석정을 휩쓸었다. 그녀의 얼굴은 붉게 달아올랐고 목소리는 높이 올라갔다. 황진이를 향해 온갖 욕설을 퍼부었지만 황진이의 반응은 예상 밖이었다. 그녀는 놀라기는커녕 오히려 흥미로운 듯 조용히 미소를 지으며 인선을 바라보았다. 그 침착함이 오히려 인선의 분노에 기름을 부었다. 인선이 황진이의 옷깃을 잡으려 하자 이원수가 황급히 뛰어올라 그녀를 말리려 했다. 하지만 인선은 남편의 손을 거칠게 뿌리치고는 오히려 그의 상투 끝을 잡아끌고 화석정을 내려 가는 것이 아닌가.

이 모든 광경을 지켜본 황진이의 눈에는 특별한 빛이 어렸다. 모처럼의 정기공연을 위해 한성으로 나가던 날, 파주 물주 이원수의 간곡한 요청으로 펼쳐준 잔치판에서 이런 상황을 맞을 줄은 꿈에도 몰랐다. 고관대작들이 모인 자리, 그것도 천하의 황진이가 주최한 잔치를 한 시골 여인이 단숨에 엎어버린 것이다. 하지만 이내 그녀의 입가에 미소가 번졌다.

"저년 참 재밌네."

황진이는 껄껄 웃으며 오히려 인선의 대범함에 감탄했다. 왕족, 선비, 관료, 심지어 중까지 세상 모든 남자를 자기 뜻대로 주무르던 황진이였다. 그녀에게 세상의 남자들은 모두 하찮은 존재에 불과했다. 수많은 남성들이 그녀의 발 아래 무릎 꿇었지만 황진이의 마음을 진정으로 움직인 이는 없었다. 그런데 오히려 여자인 인선에게서 지금껏 만난 어떤 남자들보다도 호탕한 기백을 보고 흥미를 느끼게 된 것이다.

이튿날 아침, 황진이의 호기심은 더욱 커졌다. 그녀는 몸종 양이를 불러 조용히 인선의 정체를 알아보라고 지시했다.

해가 저물어 돌아온 양이는 황진이에게 놀라운 정보를 전했다.

"물주인 이원수의 처라고 합니다. 이곳 사람이 아니라고 하네요. 강릉의 큰 손으로, 강릉 유지의 딸로 태어나 떵떵거리며 자유롭게 자랐다고 해요. 그런데 덜떨어진 남편을 만나 멀리 파주까지 와서 애나 키우며 살고 있답니다."

황진이의 눈이 커졌다. 양이는 목소리를 낮추며 말을 이어갔다.

"그게 다가 아닙니다. 마님을 질투하여 안채에 틀어박혀 몰래 혼자 그림을 그리고 글을 써보며 쩔쩔매고 있다고 해요. 자신의 처지를 비관하여 화병까지 얻어 고생하고 있다고 합니다."

이 이야기를 들은 황진이는 한참을 웃었다. 그녀의 웃음소리가 방 안에 울려 퍼졌다. 하지만 점차 그 웃음은 잦아들었고 문득 그녀의 얼굴에 연민의 빛이 스쳤다. 잠시 생각에 잠겼던 황진이는 먹을 갈고 종이를 펼치더니 조용히 붓을 들었다. 그리고 양이를 불러 인선에게 은밀한 초대의 전갈을 보내고 한성으로 떠났다.

illustration : Generative AI DALL-E

12. 황진이의 초대

月下芳客來
花影映翠樓
心池漾秋波
雲淡天如愁

달 아래 귀한 손님이 찾아오고
꽃 그림자 푸른 누각을 비추네
마음의 연못엔 가을 물결이 일고
옅은 구름 속 하늘은 슬픔을 머금었네

ChatGPT

氣勢如龍上靑天
姿態如花遍世間
凡夫皆輕如君意
貴君何時共相歡

넘쳐난 기백은 용이 되어 하늘을 오르고
피어난 자태는 꽃이 되어 세상에 퍼지네
무릇 사내들 다 하찮은 것, 나 또한 그대 맘 같으니
귀한 그대 언제 우리 한데 어울려 보는 것은 어떠하리오.

       난데없이 황진이의 편지를 받은 인선은 한동안 멍하니 앉아있었다. 아무도 알아주지 않는 파주 시골에서 자신의 존재를 인정해주고 위상을 높여주는 이 글은 그녀에게 큰 위안이 되었다. 더구나 황진이가 자신의 편을 들어주는 듯한 절절한 감정은 인선의 마음을 흔들어 놓았다. 그의 요청대로 황진이를 만나보기로 마음먹은 인선은 그날 이후 그녀가 파주에 다시 오는 날만 기다리고 있었다.

'임진각이라고 했다.'

한 달이 지난 어느 날, 다시 파주에서 잔치를 벌이게 된 황진이는 인선에게 양이를 보내 자신이 도착했음을 알리고 그녀를 자신의 거처인 임진각으로 초대했다. 오랫동안 황진이가 다시 오기만을 기다리고 있었던 인선은 그 길로 두말없이 양이를 따라 나서 그곳으로 향했다.

비밀리에 황진이와의 만남을 앞둔 인선의 마음은 복잡했다. 살아오면서 지금껏 어느 누구에게도 굽히지 않던 그녀였지만 천하제일이라 불리는 황진이를 만난다는 생각에 가슴이 두근거렸다. 임진각에 가까워질수록 인선의 얼굴은 하얗게 질렸고, 그녀는 깊은 숨을 들이마시며 떨리는 손을 진정시키려 했다. 하지만 예상과 달리 인선을 맞이하려 문 앞까지 나와 기다리고 있는 황진이를 보자 인선은 당황스러움을 감출 수 없었다. 황진이의 얼굴에 피어난 미소는 오랜 기다림 끝에 만난 친구를 대하는 듯 따뜻했고 그녀의 눈빛은 인선을 진심으로 환영하는 빛으로 가득했다. 인선은 어쩔 줄 몰라하며 방으로 들어섰다. 자리에 앉자마자 황진이가 극진한 예를 다해 큰 절을 올리자 인선은 순간 숨이 멎을 것 같았다. 인선은 자신도 모르게 떨리는 손을 쥐어 보며, 황진이의 진심 어린 환대에 더욱 당황한 마음을 감출 수 없었다.

"명월이라고 하옵니다."

황진이는 행동 하나하나, 말 하나하나 조심스럽게 살피며 인선을 극진히 대접했다. 인선은 당황스러운 표정을 숨기려 주변을 둘러보며 눈을 피했지만 황진이는 그 마음을 알아차렸다. 곧 그녀는 차분한 목소리로 인선을 초대하게 된 이유를 이야기하기 시작했다.

"처음이옵니다."

인선은 한갓 잔치판의 추태였을 수도 있었을 그날의 일을 꺼내는 황진이에 불편한 마음을 감추지 못하였다. 하지만 곧 남정네들 아랑곳하지 않는 인선의 기백에 감동을 받았다는 황진이의 말에 픽하고 웃음을 지었다. 그녀는 표정을 숨기려 고개를 돌렸지만 얼굴에 번지는 뿌듯함을 감출 수 없었다. 하지만 천하의 황진이를 함부로 대할 수는 없는 터, 인선의 시선이 방 안을 돌았다. 아름다운 그림들과 훌륭한 필체의 글들이 벽에 가득했다. 예사롭지 않은 황진이의 방의 모습에 인선은 다시금 긴장하고 있었다. 게다가 황진이의 명성은 익히 들어 알고 있던 터라 비록 그녀의 극진한 대접을 받으며 큰 절까지 받았다고는 하지만서도 그녀가 쉽게 볼 사람이 아님을 금방 알아볼 수 있었다.

illustration : Generative AI DALL-E

13. 인선의 눈물

夜雨滲心地
雲低月影寒
流水聲遠去
斷腸客無言

밤비는 마음 깊이 스며들고
낮은 구름 사이로 달빛이 차갑네
흐르는 물소리는 멀리 사라지고
애달픈 손님은 아무 말이 없네

ChatGPT

　　　황진이는 천하제일의 명기답게 깍듯이 예의를 갖추며 품위 있는 자태로 인선을 대했다. 관동 사투리가 억센 인선에 비해 그녀의 한성 말씨는 곱게 다듬어졌고 목소리는 청아했다. 황진이가 차를 따르며 이야기를 이어갔다. 인선은 고급 어휘를 이어가는 그녀의 유려한 말솜씨에 그녀의 학문적 지식에 감탄하며 가까이 마주 앉아 있는 자신과는 쉽게 비교조차 할 수 없음을 알 수 있었다. 황진이의 눈을 마주치는 것조차 부담스러웠던 인선은 그저 두리번두리번 눈길을 피하기만 할 뿐 몇 마디 대화를 나누기도 전에 괄괄한 기운은 사라지고 입을 다문 채 조용히 앉아 있을 수밖에 없었다.

　　"상을 들이라."

　　인선과 즐거운 대화를 나누고 싶었던 황진이의 의도와는 달리 풀이 죽어 있는 인선의 모습에 황진이는 술상을 들여오고 그의 앞에서 춤을 추기 시작했다. 그녀는 노래를 부르며 인선의 기운을 북돋기 위해 애를 썼다. 그녀의 춤사위는 우아하고 힘이 있었으며 그녀의 노래는 청아하고 감동적이었다. 그러나 그럴수록 인선은 더욱 의기소침해졌다. 화려하게 움직이는 황진이를 바라보며 인선은 자신도 춤과 노래는 소시적 한가락 했었다고 마음을 다스리려 했지만 그마저도 손 놓은 지 오래된 시골 가락일 뿐, 실력 또한 황진이에 견줄 바가 못 되어 쉽게 말도 꺼내지 못한 채 그저 벽에 걸린 글과 그림들에만 눈을 돌리고 있었다.

한참을 이어진 시연을 보면서도 말없이 앉아 있을 수밖에 없었던 인선은 황진이가 공손히 따라주는 술잔을 받아들였다. 한 잔, 두 잔… 술이 목을 타고 넘어갈 때마다 그녀의 굳어있던 마음도 조금씩 녹아내렸고 두 볼이 발갛게 취기가 오르고서나 편안한 눈빛을 보였다.

"부인, 이제 좀 괜찮아지셨습니까?"

황진이는 마치 오랜 친구를 대하듯 차분히 이야기를 이어갔다. 그녀의 말한 마디 한 마디가 인선의 마음을 부드럽게 어루만졌다. 인선은 조용히 고개를 떨구었다. 그녀의 시선이 벽에 걸린 황진이의 그림들로 향했다. 인선은 그림들을 보며 어린 시절 항상 자신을 다그치던 어머니 이씨가 연상되어 마음 한구석이 불편해졌다. 하지만 동시에 지금 눈앞의 황진이에게서 그녀는 어릴 적 자신에게 한없이 자상했던 아버지의 모습을 발견했다. 황진이의 따뜻한 미소, 부드러운 말투, 그리고 자신을 편안하게 해주려는 그 모든 노력이 아버지를 떠올리게 했다. 아버지가 세상을 떠난 뒤 참으로 오랜만에 누군가로부터 받아보는 자상함에 북받치는 감정을 금할 수 없었던 인선은 조용히 눈물을 보이더니 이내 곧 흐느끼기 시작했다.

"아니 부인, 어찌하여…"

갑작스러운 인선의 모습에 당황한 황진이는 어찌할 바를 몰랐다. 아이처럼 소리 내어 울고 있는 인선을 바라보며, 그녀는 말을 잇지 못했다. 한참을 흐느끼던 인선은 마침내 옷소매로 눈물을 훔쳤다. 그리고는 한동안 천정만 바라보다가 나지막히 입을 열었다.

"참 자상하시오. 자네. 자네를 보니 갑자기 아버지가 생각났네."

난데없는 아버지 이야기에 황진이는 당황스러움을 감추지 못했다. 인선은 허리춤에 차고 있는 노리개를 만지작거리며 실없이 웃었다. 말없이 술을 따랐다. 한 잔, 두 잔… 술병이 비워질 때까지 그녀의 손은 멈추지 않았고 술 한 병을 다 비우고서야 그녀는 다시 입을 열었다.

"내 아버지 말이오… 난 아버지 없이 자랐다네. 아버지는 항상 집에 없었거든. 과거 준비를 한다고 주로 한성에 계셨고 가끔씩 집에 들르곤 했는데 나에겐 참 잘해주셨어. 어머니 성에는 안 차는 나였지만 아버지는 내게 아무것도 바라지 않았어. 조용히 글을 가르쳐주며 그저 '괜찮다, 괜찮다'라고 말씀하셨지. 지금 생각하면 참 자상했던 분이셔. 그래서 고마웠어."

인선은 잠시 말을 멈추고 깊은 숨을 내쉬었다. 그녀의 눈에는 그리움과 슬픔이 어렸다.

"하지만 그것도 내가 결혼할 때까지뿐이었어. 그게 아버지의 마지막 할 일이셨던 것 같아. 내가 결혼하고 얼마 되지 않아 돌아가셨거든. 마치 사위에게 나를 맡기고 떠나시려 했던 것처럼 말이야."

황진이는 인선의 이야기에 깊이 공감하며 그녀의 손을 잡았다. 인선은 황진이의 위로에 다시 한번 고개를 떨구었다. 그녀는 아버지의 자상함을 떠올리며 마음속 깊이 묻어두었던 슬픔과 그리움을 조금씩 풀어놓았다. 인선의 눈에는 아직도 눈물이 맺혀 있었지만 이제는 그 눈물 속에 따뜻한 추억도 함께 어리어 있었다.

인선은 지그시 황진이를 바라보며 말을 이어갔다.

"난 남편이 싫어."

"하하, 부인. 술 좋아하고 여자 좋아하고 남정네들 다 그런 것 어찌하겠습니까?"

쓸데없는 소리라며 대수롭지 않게 웃어넘기는 황진이였다.

"아니, 알아, 그런 게 아닐세, 남편이 우리 집에 들어오고 곧바로 아버지가 돌아가셔서 처음부터도 싫었어, 우리 집 돈 보고 결혼한 놈, 유약하고… 아들이 없는 우리 집안의 맏사위로 대신 시묘살이를 하며 상을 치러야 했던 사람이라 아이만 덜렁 만들어 놓고 3년이 지나고 나서나 집에 들어와야 했으니 나도 무슨 정이 있겠어, 그동안 나는 엄마와 함께 일하느라 바빠 관심을 두지도 않았고 그 사람은 그 사람대로 자기가 살던 곳도 아니니 친구도 없고 친척도 없고, 강릉의 상황에 대해 아무것도 모르니 나가 볼 일도 없고 그저 집안에서 애만 보고 있는 사람, 아버지를 돌아가시게 한 놈이라고 미운털까지 박혔으니 그 사람도 집에 붙어있기 힘들긴 했을 거야. 어머니에게 노비만도 못한 대접을 받았으니 말이야. 집안에 유일한 남자였지만 가세를 이어갈 모든 일은 어머니와 내가 하고 있으니 별 필요도 없었어, 가끔씩 주막에나 나가서 집안 망신이나 시키고… 결국 오래 못가서 한성으로 쫓아 보냈어. 과거 급제할 때까지 돌아오지 말라고… 근데 하라는 공부는 안하고 저러고 있네."

"인생사 내 맘 같지 않은 것 다 그런 것이오니 너무 개의치 마십시오."

여유로운 황진이의 목소리, 인선의 푸념을 쉽게 덮어버렸다.

"자네도 참, 자네는 아쉬울 게 없어 속 편한 소리로만 들리네, 인물도 반반하니 소리도 좋고 춤도 잘 추고 노래도 잘하고 뭐 하나 빠지는 게 없어 좋겠네. 나는 뭐 하나 제대로 하는 게 없네."

상에 턱을 괴고 있던 인선은

부러운 눈으로 황진이를 바라보며 한숨을 내쉬었다.

"왜요? 부인, 듣자 하니 부인이시라면 세상 못 누리실 것이 없을 것 같사오만…"

"돈? 돈 말이지? 돈만 많으면 뭐해, 정작 내가 하기 싫었는데… 일 안 하고도 충분히 먹고 살 만한 집안인지라… 어릴 적 마음껏 신나게 지낼 수 있었는데 어머니가 그렇게 호락호락한 분이 아니시라네. 예술에도 재능도 많아 그림을 잘 그렸고, 재산 욕심도 많아 아버지가 돌아가시며 아버지 집안 재산까지 모두 가져왔으니 말이야. 관동 최고의 부자로 남의 눈을 많이 의식하시던 분이기도 했으니 내 노는 꼴을 절대 못 보지. 사업을 가르치든 그림을 가르치든 뭐라도 시키려 했는데 나는 별로였어. 어머니만큼 되지도 않고. 재능이 없는 거지… 재미도 없었고, 그냥 술 좋아하고 놀기 좋아했던 나야. 만만한 노비들 데리고 다니며 일부러라도 반항한다고 더 일탈하려고 했던 것 같고, 그런데 그래봤자 어린 나이에 뭐 할 수 있겠어? 다 부처님 손바닥이었지. 하지만 결국 뭐야, 시댁이라고 여기가 어딘지도 모르고 와서 시어머니 눈치나 보며 갇혀 지내고 있는데… 내 팔자도 참."

인선의 한숨 섞인 목소리로 시작된 이야기는 끝이 없이 이어졌다. 유복한 지방 유지의 자식으로 집안의 재산과 가업을 이어받은 재산가로서 여자임에도 남자 못지않게 자유로운 삶을 살아온 인선이었건만, 무슨 마음에 한갓 기생 앞에 자존심을 내팽개쳐 버리고 어디에도 부끄러워 말 못 할 이야기를 늘어놓는 것인지… 처가의 눈치나 살피는 한심한 남편 이야기, 재능이 많아 잘나고 드센 엄마 이야기, 자주 볼 수 없었지만 자상했던 아버지 이야기, 어디 한 군데 내놓을 것 없는 비루한 자신의 능력 이야기, 노비들과 즐겨 놀던 방탕한 과거 이야기, 지금의 답답한 시댁살이 이야기 등을 처음 보는 황진이에게 시시콜콜히 털어놓으며 그저 평범한 시골 아줌마의 모습을 보여주고 있었다.

"부인, 이 어려운 이야기를 어째 저에게…"
"모르겠네. 근데 그냥 그러고 싶네. 왠지 자넨 다 들어줄 것 같아서…"

인선이 술잔을 찾자 황진이는 술병을 들어 그녀의 잔을 채워주며 조용히 고개를 숙였다.

"고맙습니다. 부인, 천한 소인을 그렇게 봐 주셔서…"
"아닐세, 자넨 그래도 좋겠네. 저 훌륭한 그림들이 다 자네가 그린 것이라니… 아마 내가 자네 능력을 갖췄다면 우리 어머니 나를 업고 다녔을 걸세. 급하게 결혼하지 않아도 되었을 테고 하니 나도 좋았을 거고…"

그림에 대한 원망과 미련을 가지고 있는 인선은 마음속에 품고 있던 부러움마저 털어놓으며 술잔을 비워갔다. 인선에게 오늘은 아버지가 세상을 떠난 뒤 처음으로 남 앞에 솔직해지는 날이었다.

illustration : Generative AI DALL-E

14. 황진이의 고백

明月照孤影
淚隱夜長天
歸路何處問
寂寞無人怜

밝은 달빛은 외로운 그림자를 비추고
눈물은 길고 긴 밤하늘에 숨기네
돌아가는 길은 어디로 물을까
적막 속에 아무도 나를 위로하지 않네

ChatGPT

"제가 부러우신가 봅니다, 부인."
허리를 꼿꼿이 펴며 자세를 고쳐 앉은 황진이가 인선에게 물었다.

"그렇네, 아주 그렇다네."
"그럼 제 이야기 한 번 들어주시겠습니까?"
"얼마든지 하시게."

한참 동안 늘어놓는 인선의 이야기를 듣고 난 후 황진이도 마음이 흔들렸다. 인선의 눈에 세상 부러울 것 없을 것 같았던 황진이가 처음으로 자신의 출생에 대한 이야기를 이어가기 시작했다.

"부인, 저도 양반집 딸이라고 합니다."

양반집 딸…, 한낱 기생에 불과한 황진이가 무슨 말도 안 되는 소리를 하는 것인지, 인선은 믿지 않는다는 듯한 눈빛으로 황진이를 노려보았다. 도대체 어떤 이야기를 꺼내려는 것인지… 그녀는 조용히 황진이의 다음 말을 기다리고 있었다.

"그리고 저 또한 아버지 없이 자랐고요."

아버지가 없이 자랐다는 황진이의 말에 인선은 고개를 돌려 한숨을 내쉬었다.

"저도 어머니가 재능이 많으셨습니다. 지금은 몸이 편찮아 누워 계시는데, 어머니가 거문고를 잘 타는 바람에 그 재능을 이어받아 여태껏 먹고 산 것일 수도 있고요."

고개를 떨구며 풀어가는 황진이의 이야기는 계속 이어졌다.

"아버지는 그냥 황진사라고만 들었고 어머니의 이름은 진 현자금자이십니다. 양반집 규수였는데 어려서부터 거문고를 잘 탔다고 합니다. 그래서 전에는 우리 기방에서 거문고를 타곤 했죠. 지금은 그만두셨지만요. 어머니가 처녀 적에 몸종과 나들이를 다녀오는 길에 물을 길어오다가 지나가던 젊은 선비를 한 분 만나셨다고 합니다. 그 선비가 바로 저의 아버지이셨던 거죠. 그분이 물을 찾아 어머니가 길어오던 물을 한 바가지 건네주었는데, 어머니가 건넨 물을 그분이 마시고 반쯤 남긴 후 다시 어머니께 돌려주었죠. 그런데 어머니가 그 물을 마신 순간 술로 변해 있었다고 합니다. 마치 신선의 술처럼 말이죠. 그렇게 기묘한 인연으로 사랑에 빠진 두 분은 하룻밤 정을 나누고 아이를 가지게 되었다고 하네요. 하지만 양반집 처녀로 원하지 않은 임신을 하게 된 어머니는 당황하여 어찌할 바를 모르고 있었는데 그 소식을 들은 아버지가 유산시키는 약을 보내주었다고 합니다. 그런데 그 약을 먹은 어머니는 정작 뱃속의 아이는 지우지 못하고 오히려 시력을 잃게 되었다고 합니다."

잠시 한숨을 고르는 황진이의 모습을 인선은 말없이 바라보고만 있었다.

"결국 맹인이 된 어머니는 아비 없는 자식을 잉태한 미혼모로 매질을 당하고 집에서 쫓겨났습니다. 그리고 송도 외곽의 머슴 집에 기거하며 노비들 틈에서 그 아이를 낳고, 앞 못 보는 맹인으로 고통스러운 삶을 살게 되었고요.

어느 날 그 사실을 알게 된 아버지가 어머니를 찾아왔지만 어머니는 혹시나 자신이 사랑하는 아버지에게 해가 될까 봐 돌려보내고 지금껏 아이의 아버지를 숨기며 살아왔다고 합니다. 그러던 중 어머니를 돌봐주던 머슴이 다른 집으로 떠나면서 혼자서는 젖먹이 아이 키우며 살아갈 수 없었던 어머니는 이내 마음을 다잡고 송도로 돌아와 지금의 교방(教坊)을 찾아갔습니다. 뛰어난 거문고 실력을 가지고 있던 어머니는 교방(教坊)의 맹인 악기(樂妓)로 지낼 수 있었고 지금껏 아이를 키워 올 수 있었다고 합니다. 그때까지 그 아이 이름을 짓지 못했던 어머니는 신분을 숨기고 살아가는 자신과 달리 아이는 거짓말을 하지 말고 살기를 바라는 마음에 참 진(眞)자를 써서 '황진'이라고 이름을 지었다고 합니다. 그 아이가 바로 접니다."

한숨을 내쉬며 말없이 술잔을 찾는 황진이에게 인선이 술병을 들어 술을 따라주었다. 황진이는 실없이 웃으며 술잔을 비운 뒤, 다시 한 잔을 혼자 따라 마셨다. 두 잔을 연거푸 마시고 나서야 표정이 밝아진 황진이는 이야기를 계속 이어갔다.

"글을 배우는 것이 좋았어요. 글을 짓는 것도 좋았고 교방에 오는 손님들이 다 학식이 높으신 분들이라 그분들을 접대해야 할 언니들도 낮에는 다들 시간을 내어 공부를 했어요. 손님들과 교류를 하려면 비슷하게 읊을 줄은 알아야 했고 어설픈 지식으로 대충 얼버무리기라도 하면 바로 쫓겨나곤 했어서 다들 참 열심히 했던 것 같아요. 교방에서는 어머니보다 언니들과 함께 있는 시간이 더 많을 수밖에 없었는데 자연스럽게 저도 교방 언니들 틈에 껴서 3살 때부터 따라 책을 보게 되었고 재미도 있었어요. 맏언니였던 원랑 언니가 특히나 저를 예뻐하는 바람에 항상 곁에 두고 있었던 것 같아요. 코흘리개 아이가 꼬물꼬물 따라다니니 강아지마냥 이뻐했겠죠. 방에서 흘러나오는 책 읽는 소리가 좋았고 내용도 모르고 따라 읽으며 지내다 보니 교방의 언니들뿐만 아니라 손님으로 온 사람들로부터도 귀여움을 독차지하기 시작했죠. 거문고는 어머니의 피를 받아 그런지 어렵지 않게 다룰 수 있게 되었고 노래와 춤은 그냥 밤마다 들리는 소리였고 언니들 연습하는 것 놀이 삼아 따라하다 보니 어느새 저절로 달려 나온 것이고요. 그렇게 어쩌다 지금은 세상 온갖 사내들이 바라는 년이 되었지만 부모로부터 작은 노리개 하나 받을 수 없는 몸, 그저 제 이름 숨기고 해가 지고 밤이 되어야만 불려지는 명월이로 살아가야 하는 한갓 천한 기생일 뿐인 걸요. 제가 선택한 길이기는 하지만 제게 아버지가 계셨다면 이리 살지는 않았을 것입니다. 태어나서부터 여인네들 속에서만 자라오다 보니 겨우 이렇게 사내들을 봅니다."

웬만한 선비보다 나은 빼어난 글재주를 지녔건만 여자로 태어나 과거를 보고 벼슬길에 나갈 수도 없고 정상적인 혼인을 하여 평온한 가정생활을 꾸려갈 수도 없는 신분, 모진 숙명 탓에 이름 한 자 후세에 남길 수 없는 기생으로 살아가며 수많은 사내의 품을 전전하고 있는 천것일 뿐이라며 자신을 이야기하는 황진이의 얼굴은 금세 다시 어두워졌다.

조용히 술잔을 기울이는 황진이를 물끄러미 바라보고만 있던 인선은 말없이 곁으로 다가가 그녀를 살포시 안았다. 인선의 품에 안겨 힘없이 숨을 고르는 황진이, 이름난 기생으로 살아오다 보니 그동안 누구 하나 편하게 속 이야기를 나눌 데가 없었던 그녀는 어쩌면 가장 불편했어야 할 관계인 인선에게서 오히려 편안히 안식을 찾을 수 있었다. 이원수를 사이에 둔 기생과 규수로서, 신분도 상황도 어울릴 수 없는 두 사람이었지만 서로의 마음을 잡아끄는 알 수 없는 기운을 느낀 두 사람의 이야기는 저녁 무렵이 되도록 이어졌다.

illustration : Generative AI DALL-E

15. 벗이 된 두 여인

松月映雙影
花風共醉時
流水知人意
雨心同契知

소나무 달빛은 두 그림자를 비추고
꽃바람 속에서 함께 취하는 이 시간
흐르는 물은 사람의 마음을 알아보고
두 마음은 서로의 운명을 알아보네

ChatGPT

인선이 중얼거렸다. "남자들이란…"
황진이가 그 말을 이었다. "모두 똑같아요."

아버지의 정이 그리웠던 두 사람. 하지만 두 여자의 세상에 아버지 같은 남자는 어디에도 없었다. 어린 아녀자를 차지하려 부나비처럼 달려드는 것은 양반집 자제들이나 노비들이나 매한가지였다. 옷고름 푸는 황진이 앞에서, 돈보따리 푸는 인선이 앞에서 그들은 그저 마음껏 놀아주던 욕정 가득한 하찮은 존재로만 여겨질 뿐이었다.

한참 동안 서로의 지난 이야기를 나누는 사이, 인선은 황진이에게 점점 더 마음이 끌리고 있음을 느꼈다. 그동안 보아온 다른 여인네들과는 달리, 한낱 기생임에도 고관대작 사내들을 우습게 여기며 마음껏 농락하는 황진이의 모습에 인선은 묘한 매력을 느꼈다. 황진이 또한 인선에게서 특별함을 발견하고 있었다. 남의 비위를 맞추며 살아가는 기방의 기생들 사이에서는 볼 수 없는 색다른 기백을 가진 인선에게 황진이는 운명적 동질감을 느꼈다.

기생과 규수, 절대 어울릴 수 없는 삶이고 신분이었다. 한 사람은 가난한 악기(樂妓)의 자식으로 태어나 재능으로 세상을 헤쳐나가야 했다. 또 한 사람은 유복한 유지의 자식으로 자라나 가문의 명예를 짊어져야 했다. 겉으로 보기에 그들은 무엇 하나 나눌 대화가 없어야 마땅했다. 하지만 운명은 때로 예상치 못한 방식으로 사람들을 연결시킨다. 능력은 있으나 가문이 없어 성장할 수 없었던 황진이, 가문은 있으나 능력이 없어 성장할 수 없었던 인선. 그들은 서로의 모습에서 자신의 반쪽을 발견한 듯했다. 우연한 기회에 서로의 슬픈 삶에 대한 안타까움을 공유하며 마음을 터놓은 두 사람 우연한 기회에 서로의 슬픈 삶에 대한 안타까움을 공유하며 마음을 터놓은 두 사람. 신분의 벽을 넘어 서로의 영혼을 마주한 듯, 그들의 눈에는 서로를 향한 깊은 이해와 연민이 깃들어 있었다.

"부인, 부인이 소인보다 손위인 것 같은데
저에게는 그냥 편하게 대해주십시오."
"자네, 자네는 천하제일의 명성을 떨치고 있는 사람이오. 내 오늘 보니 그 말이 허튼 소문이 아니었다는 것을 알게 되었소. 내가 아무리 자네보다 손위라 해도 그렇게 마음대로 자네를 대할 수는 없을 것이오. 게다가 나의 부끄러운 이야기를 다 들은 자는 오직 자네뿐이오. 오히려 그런 나를 편하게 여겨주시면 고맙겠소."
"그 건 저도 마찬가지입니다. 다 이야기 올린 바,
이제 부인께는 감춰야 할 비밀이 없습니다."
"하하하, 그럼 이제 어찌하면 좋겠소? 말해 보시게."
"그럼 부인, 부인을 오늘부터 언니라 부르면 어떻겠소?
저의 언니가 되어주시죠."
"언니라… 좋네, 그럼 앞으로는 그냥 인선 언니라고 하게."
"저는 진이라 불러주시죠. 제가 앞으로 선이 언니라고 부를게요."
"좋아, 진이야."
"네, 언니, 선이 언니. 오늘은 우리 둘이서 술이나 한 잔 하면서 신나게 놀고, 다음번에 왔을 때는 언니가 하고 싶은 것 내가 다 해 줄게."

"좋아, 나도 오늘은 마음먹고 나온 날이니 어디 한 번 마음껏 놀아보세."

그렇게 황진이와 인선의 비밀 만남이 시작되었다. 어디 한 군데 마음 놓을 데도 없는 외딴 곳 파주 생활. 언니면 어떻고 동생이면 어떠랴. 말벗이라도 하나 있으면 좋을 것을. 게다가 여인 중의 여인, 천하의 황진이라… 거절할 이유가 없었던 인선은 앞으로도 자주 그녀와 함께 시간을 보내기로 약속하였다. 황진이는 황진이대로 최근 그녀의 첫사랑 소세양과 이별한 후 한동안 방황하던 마음을 정리하면서, 기방을 찾는 뭇 사내들로부터 별다른 매력을 못 느끼던 차에 차라리 인선과의 색다른 시간을 즐기기로 마음먹었던 것이다.

illustration : Generative AI DALL-E

16. 기생 수업

春風舞新曲
柳影隨花香
醉笑忘憂愁
溪聲引遠方

봄바람 맞으며 새 노래에 춤을 추고
버들 그림자 꽃향기따라 흐르네
취해 웃는 사이 근심은 사라지고
저 멀리 시냇물 소리 나를 이끄네

ChatGPT

　　　　기방의 외부 행사로는 한성 출장만 치중하던 황진이는 파주 출장을 늘렸고, 파주에 오는 날이면 어김없이 인선이 그녀를 찾아왔다. 그동안 행사가 없는 날이면 몸져누운 어머니 현금을 돌봐왔던 황진이였건만 인선을 만나는 시간을 아끼지는 않았다.

"그래 뭐부터 할까? 언니 뭐를 제일 하고 싶어? 그림을 가르쳐 줄까? 서예를 가르쳐 줄까? 춤을 출까? 거문고를 탈까? 내 뭐든지 알려줄게."
"뭐든 다 좋아. 진이 너와 함께 있을 수만 있다면…"
"선이 언니, 언니도 참."

　　인선은 황진이의 살가운 부추김에 그녀에게 글과 그림을 배우기 시작했고, 어느 날부터 다섯 살 맏딸 매창까지 데리고 다니며 함께 시간을 보내게 되었다. 노래와 춤에 천부적인 소질을 갖고 있던 매창은 황진이의 노랫가락과 춤사위 하나하나를 흉내내며 따라했고 그녀의 작은 몸이 황진이의 우아한 동작을 모방할 때마다 방 안은 웃음소리로 가득 찼다. 놀랍게도 어린 나이임에도 불구하고 매창은 글과 그림에서도 인선보다 나은 실력을 보였다. 황진이의 가르침을 받으며 매창의 재능은 날이 갈수록 더욱 빛을 발했고 그 실력도 한층 늘어갔다.

　　"얼씨구 좋구나."

황진이가 파주 출장을 늘리게 되면서 덩달아 신이 난 것은 남편 이원수도 마찬가지였다. 황진이의 사단이 오는 날이면 어김없이 화석정을 찾아가는 남편은 남편대로 보내고 인선은 인선대로 황진이가 기거하는 임진각에서 함께 한나절씩 머칠이고 둘만의 즐거운 시간을 가졌다. 글을 읽고 그림을 그리고 때로는 그저 서로의 이야기를 들으며 시간을 보냈다.

"여보, 친정에 좀 다녀오겠어요."

그러기를 한 달, 두 달… 황진이와의 관계가 친자매라 할 만큼 가까워지면서 인선의 마음속에는 새로운 욕망이 자라나고 있었다. 그녀는 더 이상 이 짧은 만남들에 만족할 수 없었다. 인선은 어느 순간부터 시댁에는 강릉의 친정에 다녀오겠다는 핑계를 대며 두 아들과 막내딸을 몸종들에게 맡기고 매창을 데리고 집을 떠나 한 달씩 송도를 찾아와 황진이의 기방 별채에서 기거하기 시작했다.

"좋다."

춤과 노래 속에서 질펀하게 술을 마시고 수다를 떨며 노는 그곳은 천국과도 같았다. 송도의 밤은 인선에게 새로운 세상을 열어주었다. 시간이 흐르면서, 인선이 앓고 있던 화병도 깨끗이 나아갔다. 그녀의 얼굴에는 오랜만에 밝은 빛이 돌았다. 황진이와 함께 지내는 그 순간만큼은 인선은 모든 것을 잊을 수 있었다. 고단한 파주의 시집살이도, 부담스러운 강릉의 사업도 머릿속에서 사라졌다. 결혼 후 잊고 지냈던 본연의 자유분방한 모습을 온전히 찾은 인선은 마치 새롭게 태어난 듯했다. 그녀의 웃음소리가 기방을 가득 메웠다.

illustration : Generative AI DALL-E

17. 황진이의 남자들

孤雲飄萬里
流水笑風聲
人間皆虛妄
花落不留情

외로운 구름은 만리까지 떠돌고
흐르는 물은 바람 소리에 웃네
인간사 모두 허망하고 허망한 것
꽃은 떨어져도 정을 남기지 않네

ChatGPT

어느 밤, 달빛이 스며드는 방에서 인선과 황진이는
술잔을 기울이며 이야기를 나누고 있었다.

"진이야, 너는 남자가 없었니? 너를 찾는 많은 남자들 중에 네 마음에 드는
남자 몇 명쯤은 있었을 것 같은데…"

그녀는 한숨을 내쉬며 대답했다.

"없어. 사내놈들 뭐 다 그렇잖아, 그냥 재밋거리일 뿐이야.
한 사람이 괜찮았었는데, 그래봐야 무슨 소용이 있겠어."

황진이는 잠시 생각에 잠겼다.

"그러고 보니 이 생활을 시작한 지 벌써 10년이 다 되어가네. 그동안 재밌는 일도 많았어. 데뷔할 때부터 종실의 사람, 중놈도 있었고… 다들 지 잘난 줄 알고 큰소리 뻥뻥 치던 사내놈들, 개뿔도 없는 것은 다 하나 같아. 그냥 다들 우스워."

황진이의 이야기 속에서 그녀는 자신의 모습을 보는 듯했다.

"그래? 얘기 좀 해줘봐. 어땠는지. 넌 나와 다를 테니."

인선의 호기심 어린 요청에 황진이의 눈에 먼 추억이 어렸다. 그녀는 깊은 숨을 내쉬며 과거를 회상하기 시작했다.

✻ 16세 어린 나이에 기생 수업을 받고 있는 동안에도 황진이의 뛰어난 재능은 송도 바닥에 소문이 나기 시작했다. 어느 날, 그 소식을 듣고 기방을 찾은 송도 유수 송공은 황진이를 불러냈다. 정식 기생이 아니었던 황진이는 아무런 준비도 없이 급하게 머리만 빗고 나왔음에도 그녀의 광채는 모든 이의 시선을 사로잡았으며 다른 기생들을 압도했다.

"과연…"

처음 본 그 자리에서 황진이에게 반한 송공은 곧바로 그녀를 첩으로 들이고 싶어 했다. 하지만 황진이는 고개를 숙이며 답했다.

"송공, 제 어머니는 앞을 보지 못합니다. 제가 기녀가 된 것은 어머니를 돌보기 위해서입니다. 그러니 기방에 남아 기생의 길을 가도록 해 주십시오."

황진이는 송공에게 자신이 기녀가 된 사유를 말하며 정중히 그의 요청을 거절했다. 그런 황진이의 마음 씀씀이를 기특히 여긴 송공은 그녀에게서 물러섰고 황진이는 그의 총애를 받으며 조용히 정식 기생으로 성장하게 되었다.

어느 날 송공은 관아에서 열리는 대부인 연회석에 황진이를 불러왔다. 정식 기생이 되어 외부 행사에 처음으로 참석한 황진이는 그동안 돌봐주었던 송공을 위해 정성을 다해 그의 실력을 발휘했다. 노래면 노래, 춤이면 춤, 그녀의 청아한 목소리와 우아하고도 힘찬 춤은 연회에 참석한 모든 사람들의 눈과 귀를 사로잡았다. 송공은 그녀의 재능과 아름다움에 다시 한번 감탄했다. 황진이는 연회의 중심이 되어 송공의 면을 살려내며 그의 마음을 더욱 사로잡았다.

그날은 황진이의 날이었다. 그녀는 문학적 재능도 남달라 여러 고관대작들과 이야기를 나누며 즉석에서 시를 지어 읊었다. 황진이의 시는 좌중을 압도했고 모든 사람들은 그녀의 지혜와 예술성에 감탄을 금치 못했다. 그녀의 미모에 눈을 떼지 못하는 명나라 사신들은 황진이를 천하절색이라며 찬사를 아끼지 않았다. 이를 계기로 황진이는 시·서·화·창·무에 모두 능통한 초특급 기생으로 세상에 명성을 날리게 되었다.

정식 기생이 되어 머리를 올린 황진이는 송도의 기방을 찾아오는 많은 명사들을 맞이하며 전국을 순회했다. 그녀는 수많은 저명한 문인과 고관대작들을 품에 안으며 천하제일 명기로서의 명성을 더욱 드높였다. 날이 갈수록 황진이의 인기는 높아져, 수만금을 주고라도 하룻밤을 청하는 남자들이 줄을 이었다. 그러나 그녀는 호락호락 아무 사내에게나 호락호락 정을 주지 않았다. 기생이 되기 전, 어려서부터 황진이를 키워왔던 교방의 행수(行首)기생 원랑으로부터 '명기(名技)에게 허신(許身)은 있어도 허심(許心)은 없다'며 각별한 교육을 받아온 황진이는 어지간한 사내에게는 허심(許心)은커녕 허신(許身)의 눈길 한번 주지 않았다. 오히려 그녀는 자신이 마음에 드는 남자를 골라가며 만났다. 주로 저명한 문인과 학자들과 교류하며 그들의 지식과 예술적 재능을 차곡차곡 자신의 실력으로 만들어 갔다.

    ✳ 기생으로서 점점 더 성장해가던 어느 날, 황진이의 명성이 전국에 퍼지자 정4품 벼슬에 해당하는 종실이자 천하의 풍류객으로 이름난 벽계수가 그녀를 차지해 보겠다고 마음을 먹고는 몰래 사람을 보내 황진이를 만나고

싶다고 전했다. 그러나 황진이는

"종실이 아니라 누구라도 명사가 아니면 만나주지 않는다."

라며 그의 요청을 단박에 거절했다. 종실의 사람임에도 한낱 기생에게 치욕스러운 거절을 당했다고 생각한 벽계수 크게 분노했다.

"나는 천하의 명사들과 어깨를 나란히 하는 인물이다.
기생 주제에 감히 나를 거절하다니!"

벽계수는 황진이를 차지하지 못한 것에 대한 자존심이 상해

"나는 다른 사람들처럼 황진이를 보고도 침혹하는 일이 없을 것"

이라고 여기저기 큰소리치고 다녔다. 결국 그 소문은 송도의 황진이의 귀에 들어갔고 허무맹랑한 소식에 웃음을 참지 못한 황진이는 그를 시험해 보려고 송도로 초청했다. 황진이가 결국 자신을 초대했다고 생각한 벽계수는 쾌재를 부르며 호언장담하고 송도로 내려왔다. 황진이는 벽계수의 왕림을 환영하는 잔치를 크게 벌여 주었다. 화려한 의상을 입고 무대에 올라간 황진이, 그녀의 등장에 모든 사람들의 시선이 집중되었다.

황진이는 먼저 고운 목소리로 노래를 부르기 시작했다. 그녀의 목소리는 맑고 청아하여 잔치에 참석한 모든 이들의 마음을 사로잡았다. 황진이는 곧이어 그녀의 장기인 우아하고도 힘찬 춤을 선보였다. 그녀의 춤사위는 부드러우면서도 강렬했고 손끝과 발끝에서 뿜어져 나오는 에너지는 마치 한 마리의 학이 하늘을 나는 듯했다. 연회에 참석한 이들은 숨을 죽이고 그녀의 춤사위를 지켜보았다. 벽계수는 여전히 황진이를 외면하고 있었지만 그녀의 아름다운 춤

사위에는 시선을 빼앗기지 않을 수 없었다. 황진이는 벽계수가 자신을 의식하고 있다는 것을 느끼며 더욱 열정적으로 춤을 추었다. 그녀의 춤은 점점 더 화려해지고, 잔치의 분위기는 한층 더 고조되었다. 그럼에도 과연 벽계수는 잔치 내내 황진이를 찾지도 불러 마주하지도 않았다. 그러나 황진이의 청아한 목소리와 계속 이어지는 노랫가락은 벽계수의 귓가를 맴돌며 그를 괴롭혔다. 벽계수는 겉으로는 무심한 척했지만 내심으로는 황진이의 매력에 점점 빠져들고 있었다.

연회가 끝난 후, 벽계수는 호언장담한 대로 황진이에 대한 모든 미련을 버리고 홀로 만월대로 달구경을 나갔다. 고요한 밤, 은은한 달빛이 그의 고독한 실루엣을 비추고 있었다. 그때 어디선가 여인의 청아한 노랫소리가 밤공기를 가르며 들려왔다.

> 청산리 벽계수야 수이 감을 자랑마라
> 일도창해하면 다시 오기 어려워라
> 명월이 만공산하니 쉬어간들 어떠리

노랫소리는 점점 가까워졌고 벽계수의 심장은 불규칙하게 뛰기 시작했다. 선녀의 목소리처럼 아름다운 그 노래의 주인공이 다가오고 있었다. 그것은 다름 아닌 황진이였다. 황진이의 노래에는 애정과 그리움이 가득 담겨 있었다. 벽계수는 노랫말을 곱씹으며 자신의 이성적 판단을 잃어갔다. 그는 이 노래가 분명 자신을 찾는 것이라고 착각하기 시작했다. 그의 마음은 크게 흔들렸고, 그동안 쌓아온 방어벽이 순식간에 무너져 내렸다.

달빛 아래에서 황진이의 모습이 서서히 드러났다. 그녀의 아름다움은 달빛과 어우러져 더욱 신비로워 보였다. 어느새 황진이가 다가와 벽계수의 말고삐를 부드럽게 잡았다. 그 순간 벽계수는 자신의 모든 결심과 자존심을 잊은 채 말에서 내려왔다. 그의 손이 떨리며 황진이의 손을 더듬어 찾았고 마침내 그녀의 손을 꼭 잡았다. 벽계수의 목소리가 떨리며 밤의 정적을 깼다.

"황진이, 그대가 나를 이렇게 사모하는 줄 미처 몰랐소."

그의 말에는 자신감과 기대감이 가득했다. 그러나 황진이의 대답은 그의 기대와는 전혀 달랐다. 황진이는 달빛에 반짝이는 미소를 지으며 대답했다.

"대군, 어찌 그러시오, 저는 단지 자연을 읊은 것일 뿐입니다만."

순간 얼굴이 굳어진 벽계수는 당황하여 어쩔 줄을 몰랐다. 황진이를 외면하여 망신을 주리라고 단단히 마음을 먹고 나섰지만 결국 자신이 망신을 당한 꼴이 되고 말았다.

"하하, 대군. 그동안 저를 뭐라고 하셨소?"

그 말에 벽계수는 더욱 당황했다. 종실의 사람이라고는 했지만 큰소리를 친 것과는 달리 그의 모습은 대범하지도, 군자답지도 않았다. 황진이는 벽계수의 진정한 모습을 보고 깊은 실망감을 느꼈다. 남자들의 허세와 위선을 본 그녀의 눈에는 허망함이 가득했다. 그녀는 벽계수의 손을 과감히 뿌리치고 크게 웃으며 돌아섰다. 그 날 이후 황진이는 다시는 벽계수를 만나주지 않았다. 이 사건의 소문은 또 소문을 타고 빠르게 퍼져나갔고 오랫동안 사람들의 입에 오르내리며 그녀는 전설적인 인물로 자리잡게 되었다. 그 결과 어지간한 사람들은 기방에 와서도 직접 황진이를 부를 엄두조차 내지 못하게 되었다고 했다.

※ 황진이의 명성이 절정에 달했을 때 송도의 거리에는 그녀에 대한 이야기로 가득했다. 기방 운영에 전념하며 그녀의 재능과 아름다움은 더욱 빛을 발했고 전국의 남성들은 그녀를 한 번이라도 만나보고자 열망했다. 그러나 이러한 세간의 열광 속에서 유독 한 사람의 목소리가 달랐다. 송도 교외 천마산 청량봉 기슭의 지족암에서 30년간 면벽수련을 해온 지족선사였다. 그는 생불(生佛)로 불릴 만큼 고매한 인품과 수행으로 명성이 자자했다. 지족선사는 황진이를 둘러싼 작금의 행태에 대해 개탄을 금치 못했다는 소문이 사람들 사이에 퍼져있었다.

　　"우매한 중생 남자들은 그저 더러운 수컷 짐승이려니, 허나 나는 황진이가 알몸으로 내 앞에 나타나 유혹한다 해도 참나무 막대기 보듯 하리라."

　　이 말은 황진이를 향한 날카로운 비판이자 자신의 수행에 대한 자부심의 표현이었다. 지족선사의 이 발언은 순식간에 송도 전역에 퍼졌고 사람들은 그의 굳건한 의지와 수행의 깊이에 감탄했다. 하지만 이 소문은 결국 황진이의 귀에도 들어갔다.

　　지족선사의 말은 그녀에게 새로운 도전으로 다가왔고 그녀 또한 단순한 도발로 받아들이지 않았다. 오히려 이것을 자신의 매력과 지혜를 시험할 수 있는 기회로 여겼다. 황진이는 기방의 기생들과 내기를 걸고 스스로 지족선사를 시험하기 위해 그의 암자를 찾아갔다. 지족선사는 말로만 듣던 황진이가 자신을 직접 찾아온 것에 당황스러움을 감출 수 없었다. 30년간의 면벽수행으로 세상과 단절되어 있던 그에게 황진이의 눈부신 아름다움은 큰 충격이었다. 그는 황진이를 제대로 쳐다보지도 못한 채 힐끗거리며 괜한 헛기침만 반복할 뿐이었다. 황진이는 지족선사의 동요를 눈치챘다. 지족선사의 마음을 꿰뚫어 본 그녀는 그렇게 하루 이틀 산사를 더 찾으며 슬슬 그를 농락해 보기로 했다. 며칠 후 음식을 마련하여 또다시 산사를 찾은 황진이는 갑작스레 쏟아지는 소나기를 피해 법당으로 뛰어들었다. 비에 젖은 그녀의 하얀 옷은 몸에 달라붙어 속살이 비치는 요염한 자태를 드러냈다. 지족선사는 그 모습에 넋을 잃고 말았다. 30년간의 수행으로 다져진 그의 의지가 순식간에 무너지는 순간이었다.

"스님, 저는 한갓 기생이 아니옵니다."

해가 저물어도 비가 그치지 않아 황진이는 하룻밤을 산사에서 묵어가기로 했다. 그 기회를 틈타 더 이상 욕정을 참을 수 없었던 지족선사는 승방에서 속옷을 말리고 있던 황진이를 덥석 안아버렸다. 그리고 닭이 울기도 전 이른 새벽, 함께 밤을 보내며 지족선사를 어렵지 않게 파계시킨 황진이는 자신의 속옷을 챙겨 법당에 올려두고는 쓴웃음을 지으며 암자를 내려왔다.

생불이라 불리던 지족선사는 절세미인 황진이의 몇 마디 유혹에 견디지 못하고 결국 파계승이 되었던 것이다. 황진이로 인해 순식간에 30년 공든 수행의 탑이 무너져버린 지족선사는 실성한 사람이 되어 한동안 황진이의 속옷을 품어 안고 송도 거리를 방황하다가 어디론가 사라져 버렸다고 했다.

illustration : Generative AI DALL-E

18. 내 이름 명월이

孤月映深淵
霜風落寂夜
流水自歎息
此心何處依

외로운 달은 깊은 연못에 비치고
서리 바람은 적막한 밤을 지나가네
흐르는 물은 홀로 한숨짓는데
이 마음은 어디에 의지할까

ChatGPT

그녀의 이야기를 듣고 한참을 웃던 인선을
바라보며 황진이가 물었다.

"언니는 누구 없었어?"
"나? 많았지! 근데 사내놈들 별다를 것 있나?"
"그래, 하긴."

황진이의 맞장구에 이내 인선의 목소리가 낮아졌다.

"나도 어릴 적엔 마을에 데리고 놀만한 사내들이 좀 있었는데 결혼하고 나니까 그나마 다 끝이네. 게다가 나랑 같이 놀던 사내들 다 죽었거든. 우리 엄마 때문에… 그러고 보면 우리 엄마 참 나쁜 사람이야."
"죽었어? 엄마 때문에?"

무심코 뱉은 인선의 말에 깜짝 놀라는 황진이였다. 황진이의 놀란 표정을 보고 아차 싶었던 인선은 잠시 망설였지만 이내 마음을 정한 듯 말을 이어갔다.

"응, 아마 엄마가 그렇게 만든 것 같아…
그 때문에 결혼을 서둘러 하게 되었네."

인선은 천천히, 조심스럽게 강릉에서의 불미스러운 일들을 이야기하기 시작했다. 황진이는 깊은 공감의 눈빛으로 인선을 바라보았다.

"그렇구나. 오래전 일이지만 나도 그랬는데…"

황진이도 그랬다고 했다. 자신 때문에 사람이 죽었다고 했다.

"너도? 누가 죽었어?"
"응. 기생이 되기로 맘먹은 계기였기도 하고…"

어머니를 따라 교방에서 자라던 황진이는 가히 천재였다. 여섯 살에 이미 천자문을 떼고 여덟 살에는 한학과 고전 한시에 능통했다. 어디를 가든 선비들과 어깨를 나란히 하며 뛰어난 한시를 지어내 주변 사람들의 찬탄을 자아냈다. 가곡에도 뛰어나 그 음색이 청아했고 어머니에게서 배운 거문고와 스스로 깨우친 가야금 솜씨는 당대의 묘수라 불리는 이들까지도 그녀를 '선녀'라 칭할 정도였다. 성격이 활달해 남자들과도 잘 어울렸으며 결코 남성에게 굴복하지도 않았다. 오히려 그녀의 지혜와 재치로 남성들을 압도하곤 했다. 이런 그녀의 모습은 마치 여협객을 연상케 했다. 게다가 교방 여인들의 단아한 모습을 보고 배운 덕에 예절 또한 남을 감탄케 할 정도로 바르기도 했다. 황진이의 나이 열네 살, 사춘기를 지나며 천하절색의 미모와 아름다운 용모는 물론 시·서·화·창·무에 능란하여 송도에서는 그녀의 이름을 모르는 사람이 없을 정도였다.

그런 그녀와 어릴 적부터 함께 놀던 홍윤보라는 총각이 있었는데, 황진이에게 연정을 품고 있던 그는 용기를 내어 중매를 넣었지만 황진이의 어머니는 이를 단호히 거절했다. 황진이의 출생에 관한 비밀을 지키고 싶었던 어머니의 결정이었다. 그 일로 크게 마음을 상한 홍윤보는 상사병에 걸려 몸져눕게 되었고 결국 이른 봄 어느 날 세상을 떠나게 되었다. 이른 나이에 안타깝게 세상을 떠난 그의 장례 날, 예상치 못한 일이 벌어졌다. 그의 장례 운구가 황진이가 지내고 있는 기방 앞에 이르렀을 때 갑자기 상여가 멈추어 꼼짝하지 않는 것이었다. 상여를 인도하던 선소리꾼은 총각의 죽은 이유를 알았는지라 이내 사태를 파악한 듯 황진이 집을 향해 애절하게 만가를 부르기 시작했다. 황진이는 이 소리를 듣고 깊은 슬픔에 잠겼다. 그녀는 홍윤보의 마음을 알고 있었지만, 받아들일 수 없었던 자신의 처지에 가슴 아파하던 그녀는 대문을 열고 나와 자신의 속치마를 벗어 상여 위로 던졌다. 이는 그녀가 할 수 있는 마지막 배려이자 홍윤보에 대한 애도의 표현이었다. 놀랍게도 황진이의 속치마가 상여 위에 곱게 걸쳐지자 멈추어 있던 상여는 마치 무거운 짐을 내려놓은 듯 다시 움직이기 시작했다고 했다.

그 사건을 계기로 황진이는 자신이 양반집 자손이라는 충격적인 진실을 마주하게 되었다. 그러나 그 사실은 오히려 그녀의 가슴에 깊은 상처만을 남겼다. 고귀한 혈통을 지녔음에도 불구하고 어머니 진현금과 함께 신분을 숨기며 살아가야 하는 잔인한 현실에 직면한 황진이는 끝없는 허망함과 슬픔의 늪에 빠져들었다.

황진이는 자신의 재능과 현실 사이의 괴리에 깊은 좌절감을 느꼈다. 아무리 뛰어난 재능을 가졌다 해도 그녀는 정상적인 사회에서 그 재능을 마음껏 펼칠 수 없고 더욱이 누군가와 진정한 사랑을 나누고 혼인을 하는 것조차 그녀에게는 허락되지 않은 꿈이었던 것이다. 이러한 현실에 절망한 황진이는 자신의 출생과 성장 과정을 지금껏 비밀로 숨겨온 어머니에 대해 야속함과 원망 가득한 마음을 이기지 못해 결국 가출을 하여 한동안 방황의 날들을 보냈다.

송도를 등지고 산야를 헤매던 황진이는 자신의 암울한 미래를 한탄하며 방황했다. 비가 험하게 내리던 어느 날, 그녀는 바위 사이에 몸을 숨겨 비를 피했다. 그 고독한 순간, 문득 자신의 모습에서 과거 어머니의 모습이 아프게 떠올랐다. 사랑하는 사람과의 짧은 행복 뒤에 찾아온 긴 고독과 슬픔, 양반집 규수였음에도 집을 나와 노비의 집과 기방을 전전해야 했던 어머니의 고통스러운 여정이 그녀의 마음을 울렸다. 며칠 동안 정처 없이 산야를 헤매며 황진이의 몸과 마음은 지쳐갔다. 그러나 이 고통스러운 경험을 통해 그녀는 비로소 어머니의 심정을 이해하기 시작했다. 눈까지 잃어 맹인이 되어 홀로 딸을 키워야 했던 어머니의 고단한 삶이 황진이의 가슴을 아프게 파고들었다.

황진이는 자신이 어머니에게 얼마나 소중한 존재인지를 깨달았다. 딸의 얼굴 한 번 보지 못한 채 오직 손으로 더듬어 키워준 유일한 사람이었던 것이다. 만약 자신마저 곁을 떠난다면 어머니는 기방 한 구석에서 맹인 악사로 외롭게 살아가야 할 것이라는 생각에 황진이의 가슴은 무너져 내렸다. 어머니에게는 황진이 자신 외에는 의지할 곳도 사랑할 대상도 없다는 사실이 그녀의 가슴을 무겁게 짓눌렀다.

결국 황진이는 가슴 아픈 결심을 했다. 어머니를 이해하며 방황을 멈춘 황진이는 자신의 꿈과 희망, 그리고 양반의 혈통이라는 자긍심을 모두 내려놓고 기생의 길을 택하기로 한 것이다. 그것이 어머니 곁에서 그녀를 지키고 보살필 수 있는 유일한 길임을 깨달았기 때문이었다.

황진이의 이야기를 들은 진현금은 경악했다. 양반 신분인 자신의 딸이 천한 기생이 된다는 것을 도저히 받아들일 수 없었다. 하지만 이미 굳게 먹은 마음, 황진이의 결심은 흔들림이 없었다.

어느 달 밝은 밤, 황진이는 마침내 어머니의 애타는 만류를 뿌리치고 행수 기생인 원랑의 방으로 향했다. 하늘에 떠 있는 밝은 달을 바라보며 황진이는 그것이 자신의 새로운 운명을 상징하는 듯한 느낌을 받았다. 현금은 끝내 눈물을 흘리며 황진이를 붙잡았지만 황진이는 조용히 어머니의 손을 풀어냈다.

원랑의 방문 앞에 선 황진이는 깊게 숨을 들이마셨다. 이제 돌이킬 수 없는 선택의 순간이었다. 그녀는 과거의 귀염 받던 생활을 모두 뒤로하고 스스로 '명월(明月)'이라는 기명(妓名)을 지어 기적(妓籍)에 올렸다.

"그랬구나… 너도 참 힘들었겠구나."
"괜찮아 언니, 다 지난 일이야."

닮은 점이 많았던 두 사람, 마음 불편한 기억, 삶의 굴곡마저 닮았던 황진이와 인선은 한걸음 더 가까이 서로에게 다가설 수 있었다.

illustration : Generative AI DALL-E

19. 또 다시 이별

流雲去不返
殘月影猶寒
一別心無盡
秋風滿空山

흘러간 구름은 돌아오지 않고
남은 달빛은 여전히 차갑네
한 번 이별한 마음은 그 끝이 없고
가을바람만 빈 산에 가득하네

ChatGPT

　　　황진이와의 시간은 인선에게 위안이 되었지만 동시에 자신의 부족함을 더욱 뼈저리게 느끼게 했다. 인선은 황진이와 함께 지내며 노래와 춤, 글과 그림, 황진이의 재능을 배울 기회가 충분히 마련되었지만 노래와 춤은 고사하고 글과 그림에서도 큰 성과는 없었다. 서·화에 소질이 없는 그녀의 천성은 어쩔 수 없었다. 인선은 이런 자신의 한계를 인정하면서도 마음 한편으로는 아쉬움이 컸다. 몇 번이고 붓을 들고 종이 앞에 앉았지만 결국 그녀는 내로라 할 만한 그림 하나, 글 하나 남기지 못했다. 시간이 흐를수록 인선의 마음속에는 강릉 친정으로 돌아가고 싶은 욕구가 커져갔다. 파주에서의 생활, 시집살이의 답답함이 다시 그녀를 짓눌렀다. 그저 황진이, 마음 맞는 그녀와 함께 지내며 시집살이의 스트레스를 풀며 시간을 보내는 데 만족해야 했다.

　황진이도 그런 인선을 크게 개의치 않았다. 오히려 인선이 들려주는 고향 이야기를 바탕으로 그림을 그려 강릉을 보여주고 인선의 하소연을 들으며 시를 읊어주는 것만으로도 충분히 행복했다. 뜻밖에도 인선과 함께 온 여섯 살 어린 매창이 놀라운 재능을 보였다. 황진이는 매창이 노래와 춤을 익히며 점점 더 뛰어난 기량을 드러내는 모습을 지켜보며 자신의 어린 시절을 떠올렸다. 매창의 맑고 진지한 눈빛에서 어린 시절의 자신을 보는 듯해 그녀를 가르치는 데 큰 기쁨을 느꼈다. 매창이 노래를 부르거나 춤을 출 때마다 황진이의 가슴 깊은 곳에서 따뜻한 감정이 피어올랐고 그녀는 매창이 자신의 재능을 마음껏 펼칠 수 있도록 최선을 다해 지도했다.

황진이는 인선이 집으로 돌아갈 때마다 그녀의 마음과 이야기를 담은 글과 그림을 선물로 챙겨주기 시작했다. 이는 인선이 혼자서도 공부를 이어갈 수 있도록 배려한 것이었다. 하지만 시댁으로 돌아온 인선의 현실은 달랐다. 그녀는 황진이가 챙겨준 선물들을 다락방에 조심스레 숨겨두고 쉽사리 꺼내보지 못했다. 인선이 집을 비운 것이 단순히 친정에 다녀온 것이라 알려져 있었기에, 시댁에 돌아오자마자 그녀는 시어머니의 눈치를 살피며 네 아이의 교육과 살림을 챙겨야만 했다. 이런 상황에서 인선은 어쩔 수 없이 황진이의 선물을 등한시할 수밖에 없었다. 그러나 황진이의 선물들은 다락방 구석에서 잊혀진 것만은 아니었다. 오히려 그것들은 새로운 주인을 만난 듯했다. 예전부터 황진이의 글과 그림에 큰 흥미를 보이던 어린 매창이 은밀히 그것들을 꺼내 열심히 익혀가고 있었던 것이다.

파주에 온 지 어느새 두 해, 황진이와 비밀 만남을 이어가던 어느 날, 인선은 꿈에 동해에 이르니 선녀가 바닷속으로부터 살결이 백옥 같은 옥동자 하나를 안고 나와 품에 안겨주는 꿈을 꾸었다. 그 꿈을 꾼 뒤 인선은 다섯째 아이를 임신하게 되었고, 아기를 잉태한 중에도 또다시 검은 용이 바다로부터 날아와 자신의 침실에 이르러 문머리에 서려 있는 꿈을 꾸게 되었다.

인선은 마을의 큰 무당이었던 도곡을 찾아가 꿈 이야기를 전했다. 도곡은 오래전부터 집안의 큰일이 있을 때마다 인선이 남몰래 찾던 인물로 답답한 시집살이 속 지친 마음을 풀어주던 중요한 사람이었다. 첫째 아이를 낳고 산후병으로 고생하던 중 도곡의 도움으로 병이 나은 이후로 인선은 그를 따르며 의지하게 되었고 이번에도 그의 이야기를 듣고자 했다. 꿈 이야기를 들은 도곡은 뱃속의 아이가 장차 대학자가 될 것이라고 말하며 인선에게 꿈에 본 바다를 찾아가 그곳에서 아이를 낳으라고 했다. 도곡의 해몽을 듣고 쾌재를 부른 인선은 서둘러 동해바다로 가야 한다고 굳게 믿었다. 도곡이 말한 동해바다는 오매불망 그리워하던 친정이 있는 곳이기도 했기 때문이다.

친정으로 돌아갈 명분이 생긴 인선은 그날로 짐을 싸며 맏딸 매창만 데리고 강릉으로 돌아가기로 했다. 매창은 인선과 황진이와의 관계를 알고 있는 유일한 사람이었다. 자신이 없는 사이 혹시라도 어린 매창을 통해 자신과 황진이의 관계가 드러날까 염려스러웠던 인선은 매창을 반드시 곁에 두어 비밀을 유지해야 했다. 게다가 도곡이 "매창이 언젠가 자신을 떠나 황진이에게 갈 것"이라고 경고를 했기 때문이기도 했다.

인선이 강릉으로 돌아간다는 소식을 접한 황진이는 황망함을 감출 수 없었다. 하지만 이내 고개를 끄덕이며 현실을 바라보았다. 황진이에게 인선은 유일하게 마음을 나눌 수 있었던 단 한 사람이었다. 하지만 아무리 모든 것을 나눌 수 있을 만큼 친한 사이였다고 해도 해도 인선의 삶이 자신과 같을 수 없다는 것을 인정할 수밖에 없었다. 그래도 한동안 함께 지내며 고마웠던 인선이 못내 아쉬웠던 황진이는, 인선이 파주를 떠나기 전날, 정성껏 그린 작품들을 그녀에게 선물로 전해주며 마음을 달랬다. 산수도는 인선이 그리워하는 강릉의 풍경을, 초충도는 그들의 우정의 순수함을, 연로도는 인선의 새 삶에 대한 축복을, 자리도는 평온한 가정을, 노안도는 오래도록 건강하기를, 요안조압도는 평화로운 일상을 바라는 마음을 담았다. 6폭 초서병풍에는 황진이가 인선에게 전하고 싶은 마음을 담은 시구로 적어 넣었다.

인선을 보내고 개성으로 돌아온 황진이는 허전한 마음을 가누지 못했다. 그녀는 한동안 기방 영업을 중단하고 술을 마시며 시를 짓고 밤새 거문고를 타며 자신의 감정을 달랬다. 황진이는 인선의 삶을 부러워했다. 돌아갈 고향과 가족이 있고 서방과 아이들과 함께 평범한 일상을 살아가는 인선의 모습이 그녀의 마음을 아프게 했다. 이는 오래전 유일한 사랑이었던 소세양을 그의 가족 품으로 떠나보냈을 때와 같은 감정이었다. 세상의 모든 남자를 마음껏 품을 수 있었지만 결국 영원히 자기 것은 아니었다. 얼마 전, 유일한 피붙이였던 어머니 진현금이 세상을 떠나면서 인선처럼 돌아갈 가족도, 고향도 없던 황진이는 언제까지고 혼자서 외톨이로 살아가야 하는 자신을 바라보며 기생으로 살아가는 일생의 한계를 한탄할 뿐이었다.

"모든 건 그저 지나가는 바람 같은 것일 뿐, 세상은 홀로 걷는 유람 길."

이 고독의 시간은 황진이에게 고통스러웠지만 동시에 자신의 삶을 되돌아보며 깊이 성찰하는 계기가 되었다. 인선과의 이별을 통해 그녀는 사람과의 만남에는 늘 한계가 있으며 자신에게는 영원히 돌아갈 곳도, 영원히 마음을 둘 수 있는 곳도 없다는 것을 새삼 깨달았다. 그러나 이와 동시에 그녀는 자신의 삶에서 아름다움과 의미를 찾아야 한다는 새로운 자각을 얻었다. 비록 고독할지라도, 그 고독 속에서 삶의 가치를 만들어 나가야만 했다.

illustration : Generative AI DALL-E

20. 나의 사랑, 소세양

心事向誰訴
離情滿江波
月明照狐影
流淚寄長河

마음속 이야기 누구에게 털어 놓을까
이별의 정은 강물에 가득하네
부서진 달은 외로운 그림자 비추고
흐르는 눈물은 긴 강물에 실려 가네

ChatGPT

　　　황진이가 인선을 만나기 전, 그녀의 마음을 진정으로 나눌 수 있었던 한 사람이 있었다. 소세양, 황진이의 삶에서 특별한 의미를 지닌 인물이었다. 그는 황진이가 기생이 아닌 한 여인으로서 진정으로 사랑했던 유일한 사람이었다. 소세양은 한성 출신의 뛰어난 선비로 시문에 뛰어났으며 중종 4년에 과거에 급제하여 대제학까지 오른 인물이었다. 젊은 시절부터 여인의 아름다움을 좇았던 그는 송도의 명기 황진이가 지족선사마저 파계시킬 정도로 절세미인이라는 소문을 듣고 그녀를 시험하고자 찾아왔다. 그는 친구들에게 자신만만하게 장담했다.

　　"여색에 빠짐은 대장부의 도리가 아니로다. 들자니 송도의 황진이가 절세가인이라 하나 내 결코 자제력을 잃고 넘어가지는 않으리라. 혹여 더불어 지내게 되더라도 한 달을 넘기지는 않을 터. 만약 하루라도 더 머물게 된다면 그대들이 나를 소인배라 일컬어도 달게 받으리라."

　　황진이 또한 소세양의 소문을 들어 알고 있었고, 소세양이 송도로 찾아오기 전 그를 시험해보고자 했었다. 소세양과 편지를 주고받으며 그의 깊은 학문적 소양을 엿본 황진이는 그를 모처럼 상대하기에 괜찮은 인물로 여기고 있었다. 그리하여 그녀는 소세양을 귀하게 모시며 그의 요청대로 30일의 약속으로 동거에 들어갔다.

수많은 사내들 사이에서 진정한 사랑을 갈구하던 황진이는 소세양의 다정함과 지성에 점점 빠져들었다. 날이 갈수록 그녀는 처음으로 한 남자에게 깊은 연정을 느끼게 되었다. 밤마다 나누는 시구(詩句)와 풍류는 황진이의 마음을 더욱 설레게 했고, 소세양 역시 그녀의 재치와 아름다움에 매료되어 갔다. 두 사람의 관계는 단순한 기생과 손님의 관계를 넘어 서로의 마음을 진정으로 이해하고 공감하는 깊은 교감으로 발전해 갔다.

하지만 세월은 빠르게 흘러 어느덧 약속한 30일의 마지막 밤이 찾아왔다. 이별을 앞둔 그날 밤, 만월대 누각에 올라 달빛 아래 마주 앉은 황진이는 자신의 애틋한 마음을 담은 시 한 수를 소세양에게 지어 주었다.

月下庭梧盡	달빛 아래 정원의 오동잎은 이미 졌는데
霜中野菊黃	서리 속의 들국화는 아직도 누렇네
樓高天一尺	누각은 높이 하늘에 닿고
人醉酒千觴	오가는 술잔은 취하여도 끝이 없네
流水和琴冷	흐르는 물은 거문고 소리에 어울려도 차고
梅花入笛香	매화는 피리소리에 들어 향기를 풍기네
明朝相別後	내일 아침 서로 이별하고 나면
情與碧波長	사무치는 정 물결처럼 끝이 없으리

황진이의 시에 깊은 감동을 받은 소세양은 그제야 자신도 황진이에게 마음을 빼앗겼음을 깨달았다. 그들의 30일간의 인연은 그렇게 새로운 시작을 알리는 밤이 되었다. 천하의 바람둥이 소세양 또한 황진이에게 깊은 연정을 느낀 것은 마찬가지였다. 그녀의 시 한 수는 소세양의 마음을 움직였다. 결국 그는

"나는 사람이 아니다."

라는 자책 속에 친구들과의 약속을 어기고 한성으로 돌아가지 않고 황진이와 함께 지내기로 결심했다. 그렇게 함께 지내는 시간을 이어가던 어느 날, 황진이는 기생인 자신이 양반 출신인 소세양의 출세 길에 방해가 되지 않을까 걱정했다. 그래서 처음 약속했던 시간만큼인 30일을 더 함께 지낸 뒤, 결국 소세양을 한성의 인왕곡 청심당으로 돌려보내기로 결심했다. 소세양을 떠나보내며 황진이는 스스로를 탓하며 읊조렸다.

> 어져 내 일이야 그릴 줄을 모르던가
> 이시랴 하더면 가랴마난 제 구태어 보내고
> 그리는 정은 나도 몰라 하노라

한성으로 돌아가는 소세양을 허물하지 않고 오히려 자신을 탓하던 황진이, 뒤돌아서서는 기생이라서 방치할 수밖에 없었던 자신의 무력함에 가슴을 치며 마음을 삭일 수밖에 없었다. 소세양과의 추억을 쉽게 떨쳐버리지 못했던 그녀는 소세양과 헤어진 후에도 그녀의 시비 동선이를 시켜 소세양과 한시를 주고받으며 서로의 그리운 마음을 달래기를 오랫동안 이어갔다.

相思相見只憑夢	보고 싶고 그리워도 만날 길은 꿈에서 밖에 없으니
儂訪歡時歡訪儂	제가 반가이 임을 찾을 때 임도 저를 반겨 찾으소서
願似遙遙他夜夢	바라옵건데, 멀고 먼 꿈길을 서로 달리 오가지만
一時動作路中逢	동시에 꿈꾸어 꿈길에서 서로 만나기를 바라나니

천하제일의 기생이라고 했던 황진이, 하지만 그녀도 또한 사랑하는 사람을 잊지 못하는 한갓 평범한 아녀자에 불과했던 것이다. 하지만 기생과 양반 사이의 사랑은 언젠가는 끝날 수밖에 없음을 깨달은 그녀는 병환으로 몸져누운

어머니 현금을 간호하며 소세양에 대한 미련을 조금씩 떨쳐냈다. 이후 그녀는 자신의 재능과 명성을 되새기며 한동안 한성을 오가며 공연에만 치중했고, 그러던 중 인선을 처음 만나게 되었던 것이었다.

illustration : Generative AI DALL-E

비정한 세월

21. 산수도의 주인
22. 오로지 이이
23. 주막집 권씨
24. 쫓겨난 친정집
25. 혹독한 시집살이
26. 황진이를 찾아
27. 기생의 꼬리표
28. 선비 황진이
29. 매창의 가출
30. 이이가 떠난 집
31. 비구니 인선

Illustration : Generative AI DALL-E

21. 산수도의 주인

畫藏山水影
風過無聲情
青春未解恨
夢遠不知名

그림 속 산과 물은 숨겨진 그림자
바람이 스쳐 가도 그 정은 소리 없이 남아있네
청춘의 한은 아직도 풀리지 않았지만
꿈은 멀리 떠나 이름 모를 곳에 있구나

ChatGPT

"아가, 참으로 대견하구나…"

강릉으로 돌아온 날, 그림에 일가견이 있던 이씨는 인선이 가져온 황진이의 작품들을 보고 크게 기뻐했다. 그 작품들이 황진이의 작품인 줄은 꿈에도 몰랐던 어머니는 그 모든 게 인선의 작품이라 믿고 인선을 몹시 대견스러워했다.

처음으로 어머니의 칭찬을 받은 인선은 차마 진실을 말할 수 없어 "시댁에 있는 동안 그려본 습작이에요"라고 얼버무렸다. 하지만 이씨는 인선이 가져온 글과 그림을 평상에 펼쳐놓고 하나하나 자세히 살펴보았다. 하지만 누구의 작품인가, 천하의 황진이가 그린 그림들인데 이씨의 눈에 그 작품들은 아무리 봐도 단지 습작이라고 치부하기에는 너무 훌륭했다.

"이렇게 좋은 작품을 이대로 둘 수는 없구나." 이씨는 결심한 듯 말했다.
"낙관이 없네?"

어머니 이씨는 작품에 낙관이 없는 것을 보고, 호를 지어주기로 했다. 어머니의 요청을 거절할 수 없었던 인선은 태몽 이야기를 들려주었다. 이씨는 태몽을 듣고 인선의 다섯째 아이가 아들임을 확신했다. 그리고 아이를 큰 인물로 만들기 위해 주나라 문왕의 어머니 태임의 이름을 따서 '사임'이라는 호를 지어주었다. 사임 신인선, 그렇게 인선은 사람들 사이에 '사임당'이라 불리게 되었다.

어머니 이씨는 한시와 서화 작품 중 몇 작품에 낙관을 찍으며 말했다,

"이 작품들을 마을 사람들에게 알려야겠어."

그리고는 인선의 작품을 보여주기 위해 마을의 중요한 인사들을 오죽헌으로 초대했다. 예상대로 마을 사람들은 그 작품들을 보고 모두 경탄을 금치 못했다. 상속받은 많은 재산에 사채업과 부동산업으로 벌어들인 수익, 거기에 한성을 다녀오며 갈고닦은 글과 그림 실력까지. 인선과 어머니 이씨의 위세는 강릉의 하늘을 찌를 듯했다. 그러나 진실은 인선만이 아는 것. 인선은 나머지 모든 작품을 자기 방 다락 깊숙이 보관하고 한 번도 꺼내지 않았다. 어머니의 초청으로 오죽헌에 온 사람들에게도 어머니 방에 걸려 있는 산수화와 포도 그림 외에는 다른 작품들을 내보이지 않았고 작품에 대해 함부로 말을 내지도 않았다.

강릉에 돌아와서도 인선의 남편에 대한 홀대는 계속되었다. 부정을 탄다며 출산 때까지 남편을 오죽헌에 오지 못하게 했고 출산 후 아이의 이름을 이이라 짓고 나서도 한참 동안 출산 사실을 알리지도 않았다. 그렇게 인선은 한동안 강릉에서 어머니 이씨와 매창과 함께 셋이서 이이를 돌보며 지냈다. 평범한 첫째 아들 선과 말을 늦게 튼 둘째 아들 번과 달리 이이는 인선의 태몽대로 하늘이 내려준 희대의 천재였다. 이이는 생후 1년도 되지 않아 말과 글을 깨우쳐 주변을 놀라게 했으며 3세 때는 이씨와 인선의 극성스런 노력으로 이미 한학 경전을 깨우쳤다. 게다가 누이 매창을 따라 황진이의 글과 그림을 흉내 내는 모습은 인선을 더없이 기쁘게 했다.

이이의 천재성에 대한 소문은 한성까지 퍼져나갔다. 어느 날, 이원수를 통해 이이의 이야기를 전해 들은 대제학 소세양과 어숙권이 친히 오죽헌을 찾아왔다. 그러나 소세양은 이이의 천재성을 확인하기도 전에 안채 마루에 걸린 산수화를 보고 깜짝 놀랐다. 그 그림은 예전에 자신이 황진이와 함께 지내던 시절, 그의 앞에서 그녀가 그린 것과 같았기 때문이다. 그때에도 소세양은 필체와 채색의 조화를 보고 감탄을 했던 바로 그 그림이었기 때문에 한눈에 알아볼 수 있었던 것이다.

"이 그림이 어떻게 여기에…"

소세양은 중얼거렸다. 그는 의아한 표정으로 벽에 걸린 다른 그림들도 하나씩 살펴보았다. 모두가 황진이의 작품이었다. 인선의 어머니 이씨가 소세양을 맞이하며 "우리 인선이 그린 그림"이라며 한껏 자랑하고 있었지만 산수화에 일가견이 있는 그의 눈을 속일 수는 없었다.

모든 작품이 황진이의 것이 틀림없음을 확신한 소세양은 고개 숙여 발문을 원하는 어머니 이씨의 요청을 듣고 한동안 망설일 수밖에 없었다. 하지만 그림의 진실을 알 수 없던 어숙권의 권유에 깊이 생각에 잠긴 그는 잠시 후 아무 말 없이 붓을 들어 한 줄 발문을 써넣었다.

[신묘한 붓이 하늘의 조화를 빼앗았다.]

소세양은 발문을 통해 산수화의 주인이 따로 있다는 암시를 남겨 놓았다. 붓을 내려놓은 그는 옛 생각에 잠긴 듯 한참 동안 벽에 걸린 그림에 눈을 떼지 못하고만 있었다. 이씨가 더 많은 작품을 보여주겠다며 인선을 불렀지만 소세양은 정중히 사양하고 이이를 만나러 사랑채로 향했다. 그는 인선의 다른 작품들에도 의심을 거둘 수 없었고 오히려 마음 한구석에 이 집안에 대한 깊은 불신이 자리를 잡았다.

천재 이이라고 했다. 사랑채에서 어린 이이를 처음 마주한 소세양은 그 아이의 명석한 눈빛과 태도에 놀랐다. 이이는 이미 주변 사물에 대한 이해력이 남달라 보였고, 한학 경전의 구절을 유창하게 외우며 꽤 괜찮은 서풍의 글씨와 그림을 펴 보였다. 어숙권은 이이의 재능에 감탄을 금치 못했다. 그러나 소세양의 마음은 여전히 무거웠다.

'이 아이가 정말 이 모든 것을 스스로 깨우쳤을까?'

그는 이이의 능력이 대단하다는 것을 인정했지만 앞서 본 그림들로 인해 생긴 이 집안에 대한 의심을 쉽게 떨쳐낼 수 없었다.

illustration : Generative AI DALL-E

22. 오로지 이이

母意懸千里
子心卻淚催
苦學難勝命
孤影月下灰

어머니 뜻은 천리에 걸렸고
아이 마음은 눈물만이 쏟아지네
고된 학습에도 운명을 이기기 어렵고
달 아래 외로운 그림자만 재가 되어가네

ChatGPT

　　　이이가 3세가 되던 해, 강릉의 친정집에서 여섯 번째 아이를 출산한 인선은 남편 이원수와 함께 세 아이가 살고 있는 파주로 돌아왔다. 하지만 파주에서의 생활은 오래가지 못했다. 어느새 아이는 여섯이 되었고 친정에서는 많은 노비들이 아이들을 돌봐주었지만 이곳에서는 인선이 직접 돌봐야만 했다. 더욱이 강릉의 사업을 어머니에게 맡기고 잠시 와있는 인선의 머릿속에는 하루빨리 강릉으로 돌아가고 싶은 생각뿐이었다.

　과거 시험에 뜻을 잃은 남편은 집을 나서면 돌아올 줄 몰랐고 시어머니 부양과 육아는 온전히 인선의 몫이었다. 바깥나들이는 고사하고 마음을 터놓고 이야기할 사람도 없고 몸종조차 없어 모든 일을 혼자 감당해야 했다. 집안일에 쫓기고 여섯 아이를 돌보느라 지친 인선은 결국 한 달도 채 되지 않아 봉평의 집으로 떠났다.

　봉평은 부양할 시어머니도 없고 친정과 가까워 생활이 나름 자유로웠지만 친척이 있다고는 해도 아이들을 도맡아 돌봐줄 사람은 없었으니 이곳에서도 여섯 아이를 혼자 키우는 일은 여전히 쉽지 않았다. 자유분방한 삶을 꿈꾸던 인선에게는 이 또한 하루라도 빨리 내려놓고 싶은 짐일 뿐이었다. 시간이 갈수록 아이들 육아에 시달리던 인선의 히스테리는 더욱 늘어만 갔다. 인선은 점차 어릴 적 자신을 혹독하게 교육시키던 어머니 이씨의 모습을 닮아갔다. 어머니가 김성삼을 자신의 개인교사로 들였듯이 인선도 이이에게 관심을 갖고 있던 어숙권을 아이들의 스승으로 들이며 자신은 당분간 젖먹이 막내딸만 보살피기로 했다.

그러나 인선의 기대는 하나씩 무너져갔다. 맏딸 매창과 둘째 딸은 어머니의 피를 받아 그림과 노래를 좋아했지만 학문에는 흥미를 보이지 않았다. 두 아들 역시 아무리 가르쳐도 실력이 늘지 않았다. 인선은 그들의 아둔함에 점점 더 좌절했고 결국 네 아이의 교육을 포기했다. 그녀의 모든 기대와 열정은 오로지 천재성을 보인 다섯째 이이에게로 집중되었다.

집안의 남자들이 관직에 오르지 못하고 보잘것없는 삶을 살아온 것을 지켜본 인선에게는 강한 집념이 있었다. 인선은 자신의 가문을 이어갈 아들만큼은 그동안의 집안 남자들의 한심한 삶보다 나은 떳떳한 삶을 살게 하겠다고 다짐했다. 이이의 재능은 인선의 유일한 위안이자 자부심이 되었고 그녀는 이이에게 모든 희망을 걸었다.

어숙권을 통해 시작된 혹독한 교육의 결과, 이이는 4세 때 이미 중국 역사책 『사략』의 첫 권을 배울 수 있었고 스승인 어숙권보다도 뛰어난 실력을 보였다. 인선의 기대에 부응하는 이이의 모습에 그녀는 더욱 열성적으로 교육에 매진했다. 그러나 이 과정에서 어린 이이의 고통은 깊어만 갔다. 병적으로 자신에게 집착하는 어머니의 닦달과 매질에 이이는 진저리를 쳤다. 그는 점점 자라면서 "차라리 중이 되고 싶다"는 말을 자주 되뇌었고 홀로 숨어 우는 날이 많았다.

孤影酒中哭
孤影獨徘徊
遠望妻心切
無言淚滿懷

23. 주막집 권씨

홀로 마시며 술 속에서 울고
외로운 그림자는 또 홀로 헤매이네
멀리서 바라보는 이의 마음 간절하나
말 없이 눈물만 가득하네

ChatGPT

　　　　인선의 이이에 대한 집착은 날이 갈수록 심해졌다. 그녀의 눈에는 오직 이이의 과거 급제만이 보였고 다른 다섯 아이들은 그저 그림자에 불과했다. 결국 인선은 극단적인 결정을 내렸다. 이이의 학업에 집중하기 위해 남편 이원수에게 나머지 다섯 아이를 맡기고 이이만을 데리고 강릉 친정으로 떠난 것이다.

　봉평에 홀로 남은 이원수는 막막했다. 다섯 아이를 혼자 돌볼 수 없었던 그는 어쩔 수 없이 아이들을 데리고 파주 본가로 돌아갈 수밖에 없었다. 천성이 소심하고 우유부단했던 이원수는 처가살이를 하며 늘 장모 이씨와 인선의 오만과 집착에 짓눌려 살았다. 장인이 사망하면서부터 시작된 사위에 대한 망발로, 매사에 도를 넘어서는 그들의 처사는 이원수를 점점 더 무력하게 만들었다. 파주에 돌아와서도 이원수의 삶은 나아지지 않았다. 홀어머니를 부양하고 다섯 아이를 돌보는 일은 그를 육체적, 정신적으로 지치게 했다. 가장으로서 역할을 다하지 못하는 자신을 자책하며 그의 마음은 항상 회한으로 가득 찼다. 어미 없이 자라는 어린 자식들을 바라볼 때마다 그의 가슴은 찢어지는 듯했다.

　점점 이원수는 주막집을 찾는 날이 잦아졌다. 술은 그에게 잠시나마 현실을 잊고 시름을 덜 수 있는 유일한 탈출구가 되었다. 주막의 어둑한 불빛 아래에서 그는 자신의 무력한 삶을 돌아보며 한숨 짓곤 했다.

언젠가부터 주막의 단골이 된 이원수를 유심히 지켜보던 주막집 여인 권씨가 있었다. 그녀는 이원수에게서 묘한 연민을 느꼈다. 주막집에서 매일 술에 취한 사내들을 대해야 했던 권씨는 호락호락한 성격의 사람은 아니었다. 하지만 그녀는 한때 한성과 송도의 기방을 찾아 흥청망청하던 이원수가 이제는 매일같이 마을 주막에 앉아 혼자 술이나 마시고 있는 모습을 측은하게 여기고 있었다.

"제가 가끔 아이들을 돌봐드릴게요."

어느 날, 그녀는 여느 날처럼 술에 취해 있는 이원수에게 다가와 집안일을 도와주겠다는 제안을 했다. 누구의 손길이라도 필요했던 그는 흔쾌히 그녀의 제안을 받아들였고 그 후, 권씨는 하루에도 몇 번씩 시간을 내어 이원수의 집에 찾았다. 그녀는 아이들을 보살피고, 집안일을 돕고, 때로는 이원수의 말동무가 되어주었다.

주막을 운영하며 다져진 권씨의 억척스러운 성격은 이원수의 집안일을 처리하는 데 여실히 드러났다. 그녀의 손길이 닿는 곳마다 질서가 잡혀갔다.

"이렇게 살면 어떻게 제대로 된 사람이 되겠어!"

권씨의 꾸짖는 소리가 집안에 울려 퍼졌다. 하지만 그 거친 음성 뒤에는 언제나 따뜻한 밥상과 깨끗한 옷가지가 뒤따랐다. 아이들은 처음에 그녀의 엄격함에 움츠러들었지만 점차 그 엄한 태도 속에 숨겨진 따뜻한 관심을 느끼기 시작했다.

"얘들아, 이리 와. 밥 먹자."

권씨의 목소리에 아이들이 모여들었다. 다섯 아이를 가릴 것 없이 골고루 챙기는 권씨의 모습은 이이만 편애하던 인선과는 너무나 달랐다. 그녀의 거친 말투와 엄한 태도 속에서도 아이들은 오히려 안정감을 느꼈고 점차 그녀를 친어머니 이상으로 따르게 되었다.

 시간이 흐르면서 권씨의 헌신적인 보살핌 덕분에 어린 아이들의 마음에 생긴 상처가 조금씩 아물어갔다. 그녀의 진심 어린 도움과 배려 그리고 강단 있는 태도는 이원수에게도 큰 위안과 힘이 되었다. 주막을 빈틈없이 운영하던 그 솜씨로 이원수의 집안을 차츰 추스르는 권씨의 모습에 이원수는 자연스럽게 그녀에게 마음을 두게 되었다.

illustration : Generative AI DALL-E

24. 쫓겨난 친정집

風亂江山影
離情心自傷
遠望雲暮處
啼鳥聲茫茫

바람이 어지럽히는 강산의 그림자
이별의 슬픔에 마음 스스로 아프네
멀리 저문 구름을 바라보니
울부짖는 새소리 아득히 들리네

ChatGPT

       이이의 교육을 위해 강릉으로 내려간 인선의 생활은 뜻대로 되지 않았다. 인선이 강릉을 떠난 사이, 노쇠한 어머니 이씨의 재산을 노린 세 여동생들이 오죽헌을 자주 드나들며 어머니를 가까이하고 있었다. 특히 이이에게 한성의 집까지 마련해 준 어머니의 편애가 상황을 더욱 악화시켰다. 이 사실을 심히 못마땅히 여긴 세 여동생들은 친정집에 올 때마다 이이를 괴롭히며 공부를 방해했고 언니인 인선에게는 어머니의 재산을 나누라며 악다구니를 쓰기 시작했다.

"어머니의 재산은 왜 언니 혼자 가져야 하죠? 그리고 이이만 자식이야?"

       파주에 오래 머물렀던 인선은 이 상황에서 속수무책이었다. 어머니를 모시는 가장으로서의 명분도 없었기에 여동생들의 막무가내 같은 행동에 시달리면서도 달리 할 말이 없었다. 그렇게 하루가 멀다 하고 친정집을 찾는 자매들 간의 불화가 극에 달하던 어느 날, 인선은 시어머니 홍씨로부터 한성으로 돌아오라는 연락을 받고 깊은 고민에 빠졌다.

       시댁의 상황에 변화가 생겼다. 우의정을 지내고 있던 당숙 이행은 파주에서 세월을 보내는 이원수의 소식을 듣고 그를 한성으로 불렀다. 그에게 조운을 담당하는 수운사(守運司)에서 일할 수 있도록 작은 벼슬을 내린 것이다. 이에 이원수는 파주의 가족들을 데리고 장모가 이이에게 유산으로 물려준 수진방의 집으로 이사했고 대사헌으로 있는 또 다른 당숙의 지원으로 점차 생활이 안정되며 비로소 처가의 지원에서 독립할 수 있게 되었다.

그동안 강릉의 사돈으로부터 생활 지원을 받고 있던 홍씨는 며느리 인선만 감싸며 도가 지나친 사돈의 무례함에도 아무 말도 못하고 살아왔다. 게다가 어린 자식들마저 시댁에 맡겨놓고 친정으로 가버린 며느리에 대한 불만은 이루 말할 수 없었다. 하지만 상황이 바뀌어 사돈인 이씨가 자리에 누우며 지원이 끊기고, 아들 이원수가 자립하게 되자 홍씨는 결심했다.

"이제는 우리 가족을 바로 세워야 해."

강릉에 있는 인선을 부른 것이었다.

인선의 마음은 갈등으로 가득 찼다. 시댁으로 들어가기 위해서는 자신이 누리고 있던 집안의 재산과 권세를 모두 버리고 가야만 했던 인선은 시댁의 요청을 외면하고 차일피일 시간을 보내고 있었다. 하루하루 인선의 고민은 깊어만 갔지만 이 또한 오래갈 수 없었다. 인선이 시댁의 부름을 받았다는 사실을 알게 된 세 여동생들은 이 기회를 틈타 인선을 완전히 친정에서 완전히 몰아내려 했다. 그들은 그들은 인선이 떠날 때까지 친정에 머무르며 인선의 사업을 방해하기 시작했고 조카인 이이 또한 가만두지 않고 더욱 괴롭혔다.

인선은 자신의 영달은 포기할 수 있었다. 하지만 아들 이이의 교육만큼은 절대 포기할 수 없었기에 어떻게든 친정에 남으려 했다. 그러나 세 여동생들이 이이를 볼모 삼아 똘똘 뭉쳐 괴롭히는 것을 당해낼 수는 없었다. 매일 밤마다 여동생들의 모욕과 협박이 이어졌고 이이는 울며 잠들기 일쑤였다. 인선의 마음은 점점 찢어져갔다.

"이곳에 이이의 미래는 없습니다."

결국 인선은 세 여동생들의 행패를 눈여겨보던 이이의 스승 어숙권의 충고를 듣고 결단을 내렸다. 이이의 안전과 교육을 위해서는 강릉을 떠나는 것이 최선이라는 판단이었다. 마음이 무거웠지만 인선은 마침내 한성의 시댁으로 들어가기로 결심했다. 인선이 시댁으로 들어가기로 결정했다는 소식을 들은 여동생들의 태도는 더욱 노골적으로 변했다.

"어서 나가! 여기 더 있을 곳이 아니야!"

그들의 목소리는 독설과 비아냥으로 가득 차 있었고 그들의 눈빛은 인선을 더 이상 가족으로 여기지 않음을 분명히 보여주었다. 인선의 가슴에 깊은 상처가 새겨졌다.

한성으로 떠나는 날, 아침부터 몰려온 여동생들의 성화에 인선은 정신없이 간단한 짐만 챙겼다. 쫓겨나듯 떠나는 그 순간까지도 그들의 매서운 눈초리가 인선의 등을 파고들었다. 그 와중에 안방 다락 깊숙이 보관하고 있던 황진이의 글과 그림은 챙길 경황도 없었다. 인선은 눈물을 삼키며 옷 보따리 하나 머리에 이고 이이의 손만 꼭 잡고 친정을 나설 수밖에 없었다.

어느새 서른여덟. 인선의 마음은 무거웠다. 한성에는 오랫동안 외면했던 다섯 아이와 돌보지 않은 남편 그리고 시모가 기다리고 있었다. 한때 그녀가 도망치듯 떠났던 그곳이 이제는 유일한 의지처가 되어버린 아이러니에 그녀는 쓴웃음을 지었다.

대관령을 오르는 동안 강릉에서의 지난날들이 주마등처럼 스쳐 지나갔다. 황진이의 그림과 이이의 능력에 기대어 누리던 화려했던 시절들이 이제는 아득한 꿈처럼 멀어져 갔다.

　구름이 손에 닿을 듯 높은 대관령 정상에서 지친 인선은 주저앉았다. 그녀는 천천히 고개를 돌려 동해 바다를 바라보았다. 북촌의 집이 아련히 보이는 그곳에서 푸른 파도가 잔잔히 일렁이는 바다를 보며 인선의 눈에 눈물이 고였다. 다시는 돌아갈 수 없을 강릉과 다시는 볼 수 없을 어머니 생각에 인선은 한숨만 내쉬며 일어설 줄 몰랐다.

　한참동안 인선을 바라보던 이이가 흥얼거리듯 한시 한 수를 읊기 시작했다.

　　　　慈親鶴髮 在長安　　늙으신 어머님 고향에 두고
　　　　身在臨瀛 獨去情　　외로이 강릉에 사는 이 마음
　　　　回首長安 時一望　　돌아보니 한성은 아득도 한데
　　　　白雲飛下 暮山靑　　흰 구름만 저문 산을 날아 내리네

조용히 이이가 읊조리는 시구에 귀를 기울이고 있던 인선이 물었다.

"그게 무어냐? 슬프구나."
"아버님이 대관령을 넘어오실 때마다 읊으셨다던 것이옵니다."

남편 이원수가 사랑채에 앉아 타령하듯 읊던 시를 이이가 읊고 있는 것이었다.

"그랬구나… 아들아, 그럼 지금 내 마음은 어떨 것 같으냐?"

이이는 잠시 생각에 잠겼다가,
어머니의 마음을 헤아려 새로운 한시를 지어 읊었다.

慈親鶴髮 在臨瀛	늙으신 어머님 고향에 두고
身向長安 獨去情	외로이 한성 길로 가는 이 마음
回首北村 時一望	돌아보니 북촌은 아득도 한데
白雲飛下 暮山靑	흰 구름만 저문 산을 날아 내리네

이원수의 마음과 다르지 않았다. 뒤늦게나마 남편 이원수의 마음이 가슴 깊이 와닿은 인선은 그동안 자신이 얼마나 이기적이었는지, 남편의 고통을 외면해 왔는지를 비로소 깨달았다. 인선은 이이가 지어 준 한시를 받아 눈물을 흘리며 목이 쉬도록 읊고 또 읊었다. 하지만 이미 흘러간 시간을 되돌릴 순 없었다. 관계를 회복하기엔 너무 늦어버렸다는 쓰라린 현실이 그녀를 덮쳤다. 인선은 한숨을 내쉬며 앞으로 어떻게 이 모든 것을 바로잡아 나갈 수 있을지 깊은 고민에 빠졌다.

강릉에서의 화려했던 날들은 이제 멀어져가는 꿈일 뿐. 그녀 앞에 놓인 한성에서의 삶은 새로운 도전이자 속죄의 시간이 될 것이다. 인선은 마음을 다잡으며 이이의 손을 꼭 잡았다.

"그래도 이 아이만큼은…"

illustration : Generative AI DALL-E

25. 혹독한 시집살이

離愁長在夢
無力去重逢
歲月盡成恨
孤影淚千重

이별의 슬픔 꿈속에만 남고
언제 다시 만날 힘도 없어라
세월은 모두 한이 되어 남고
고독한 그림자에 눈물이 천 겹이네

ChatGPT

　　한성의 수진방. 시댁에 도착한 인선의 가슴은 무거웠다. 문턱을 넘는 순간, 시어머니 홍씨의 날카로운 눈빛이 그녀를 맞았다. 그녀를 맞이하는 시어머니의 태도는 예전과 달랐다. 인선이 파주를 떠난 뒤 그녀를 대신하여 집안일을 돌봐주던 권씨를 통해 인선이 결혼 후 이때껏 아들인 이원수를 업신여기고 하찮게 대해왔다는 소식을 들은 홍씨는 분노로 치를 떨고 있었다.

"네 이년!"

　　홍씨의 호령은 매섭고 단호했다. 그 음성에 담긴 분노와 원망이 인선의 온몸을 관통했다. 인선은 그 앞에서 몸 둘 바를 몰랐다. 고개를 숙인 채 떨리는 손으로 옷자락을 꼭 쥐었다. 인선은 과거의 오만했던 행동들이 주마등처럼 스쳐 지나가는 것을 느꼈다. 어머니 이씨를 등에 업고 시모와 남편을 무시하며 살아온 날들, 그 모든 것이 이제 그녀에게 돌아오고 있었다. 홍씨는 인선의 작은 실수조차 용납하지 않았다. 그녀의 매서운 눈빛은 인선의 모든 움직임을 감시했다. 친정에서도 쫓겨나 돌아갈 곳 없는 그녀의 고단한 삶이 이제야 진정으로 시작된 것이다. 인선은 자신의 처지를 뼈저리게 뉘우쳤지만 동시에 이 상황에서 벗어날 길이 없음을 절감했다. 지금의 모든 상황은 인선이 받아들여야 할 업보였다.

한성에 돌아온 지 한 해가 지나 인선은 39세의 늦은 나이에 넷째 아들 이우를 낳았다. 4남 3녀, 일곱 명의 자식을 키우며 그녀는 꼼짝없이 시집살이의 굴레에 갇혔다. 인선의 일상은 무색무취했다. 기쁨도, 즐거움도 찾아볼 수 없다. 화도 낼 수 없고 슬프다고 소리내어 울 수도 없는 분통한 마음에 방구석에 틀어박혀 지내는 날이 길어졌다. 혼자서 할 수 있는 것이라곤 아무것도 없고, 남편도 마음이 떠나 의지할 데가 없던 인선에게 하루하루는 고통의 연속이었다.

지옥이 따로 없었다. 파주가 되었건 한성이 되었건 시댁이라는 곳은 그녀에게는 항상 그런 곳이었다. 하지만 그녀의 기억 속에는 한 줄기 빛 같은 순간이 있었다. 그것은 오래전 이별한 황진이와 함께했던 날들이었다. 어느날 옷장을 정리하던 인선의 손에 낯익은 작은 상자 하나가 걸렸다. 그녀의 손이 떨리기 시작했다. 조심스럽게 열어본 상자 안에는 황진이가 남긴 작은 그림과 짧은 글이 있었다. 인선은 놀라움과 기쁨에 가슴이 뛰었다. 그 순간 황진이와 함께했던 행복했던 시간이 생생히 떠올랐다. 마치 시간이 거꾸로 흐르는 것만 같았다. 송도에서의 날들, 그녀와 함께 지냈던 그 순간만이 유일하게 인선이 행복했던 시간이었고 지금껏 자신을 위안하는 추억이 그곳에 있었다.

인선은 황진이의 흔적을 찾아 방 안을 헤맸다. 하지만 친정에 두고 온 그림들과 글들은 이제 그녀의 손이 닿지 않는 곳에 있었다. 남은 것은 오직 이 한 장의 글뿐이었다. 황진이를 만나고 싶은 마음이 간절했지만 현실은 냉혹했다. 돈도, 시간도, 자유도 없었다. 인선은 그저 황진이가 고향을 그리워하던 자신의 마음을 헤아려 써준 그 글을 따라 써보며 쓸쓸한 마음을 달래는 수밖에 없었다.

千里家山萬疊峰	천리라 내 고향 만 겹 봉우리
歸心長在夢魂中	돌아가고픈 마음 꿈속에만 있네
寒松亭畔孤輪月	한송정 가에는 외로이 뜬 달
鏡浦臺前一陣風	경포대 앞에는 한 줄기 바람
沙上白鷗恒聚散	모래 위 갈매기 언제나 모였다 흩어지고
海門漁艇每西東	파도 위엔 고깃배 동서로 떠다니려니
何時重踏臨瀛路	언제나 강릉길 다시 밟아가
更着斑衣膝下縫	색동옷 입고 어머니 곁에서 바느질 할까

인선은 글을 읊조리며 붓을 들었다. 하루에도 몇 번씩, 그녀는 이 글을 쓰고 또 썼다. 그럴 때마다 인선의 눈에서는 소리 없는 눈물이 흘러내렸다. 황진이가 평생 그랬던 것처럼 눈물 없이 울었다.

illustration : Generative AI DALL-E

26. 황진이를 찾아

六年夢回首
相見淚難收
往事如烟散
深情握手留

여섯 해를 꿈속에서 돌아보니
서로 만나 눈물 거두기 어려워라
지난 일은 연기처럼 흩어지나
깊은 정 손을 잡고 오래 머무네

ChatGPT

"달아 달아 밝은 달아…"

어느 날, 매창의 맑고 청아한 목소리가 안채 마루를 가득 채웠다. 고운 음색 낭랑한 그녀의 노랫가락은 인선의 귀에 낯설지 않았다. 자리에 누워 있던 인선은 그 소리에 놀라 방문을 열었다. 매창이 안채 마루에 앉아 흥얼거리는 노래는 예전에 황진이가 자주 불러주던 노래였다. 한때 인선을 따라다니며 황진이와 시간을 보냈던 매창이 배워와 지금껏 따라 부르고 있는 것이었다.

예능에 재능이 많았던 외할머니의 끼를 물려받은 매창은 인선을 따라 돌아간 오죽헌에서 지내던 시절, 인선이 동생 이이에게만 관심을 두고 자신을 외면하는 사이에 홀로 실력을 키웠다. 인선이 파주를 떠나며 가져온 황진이의 그림을 꺼내 따라 그리며 실력을 늘렸고 한성으로 돌아와서는 친구들 사이에 유행하고 있는 황진이의 노래에 빠져 황진이 같은 예인의 꿈을 가지고 있었다. 어느새 매창의 나이 12세 나이에 비해 훌륭한 글 솜씨와 그림 솜씨, 특히 그녀의 노래 실력은 어린 나이임에도 불구하고 주변 사람들 사이에서 칭송을 받을 만큼 뛰어났다. 양반집 장녀만 아니었으면 충분히 훌륭한 기생이 되고도 남을 기질을 가진 매창이었다.

시어머니의 감시 아래 바깥출입조차 자유롭지 못했던 인선은 밤마다 고민에 빠졌다. 황진이를 만나고 싶은 마음은 날이 갈수록 커져갔다. 매일 밤 시어머니가 잠든 후, 인선은 작은 상자 속 황진이의 글을 꺼내어 보며 용기를 내었다.

'이번 기회를 놓치면 영영 만나지 못할지도 모른다.'

인선은 오랜 고민 끝에 황진이를 만나보기로 마음먹고 곧바로 사람을 송도로 보내 황진이의 근황을 알아보았다. 며칠 후, 황진이가 아직 송도에 있음을 알게 된 인선은 시어머니가 집을 비운 어느 날 연락도 없이 무작정 송도로 황진이를 찾아갔다.

꼬박 하루 반나절을 걸려 도착한 송도. 다행히 황진이가 활동하고 있던 송도의 기방은 여전히 손님들이 들끓는 것이 예전 그 모습 그대로였다. 하지만 정작 황진이는 어디에도 보이지 않았다. 깊이 낙담하여 쉽사리 기방의 대문 앞을 떠나지 못하고 있던 인선은 다행히 대문 밖을 나서는 황진이의 몸종 연두를 만날 수 있었고 그녀를 통해 황진이가 화담이라는 서재에 있다는 소식을 듣게 되었다.

서재의 특성상 쉽게 만날 수 없을 것이라는 말을 듣긴 했지만 송도에 머물 시간이 많지 않았던 인선은 곧바로 화담으로 발걸음을 옮겼다. 한참을 찾아간 화담, 이름도 낯선 화담의 오래된 나무 문을 두드리는 그녀의 손은 심하게 떨리고 있었다. 잠시 후 문이 열리고 황진이가 모습을 드러내자 인선은 잠시 말을 잊었다. 6년 만의 재회였다.

"진이야."

인선의 예상치 못한 방문에 황진이의 얼굴은 놀라움과 기쁨으로 가득했다. 동시에 복잡한 감정이 그녀의 얼굴을 스쳐 지나갔다. 두 사람은 말없이 서로를 바라보았다. 그 짧은 순간에 그들은 지난 세월의 그리움과 아픔을 모두 읽어냈다.

"나 한성으로 왔어, 한성 공연 오면 자주 보자."

어렵게 시간을 낸 황진이는 서재를 벗어나 밤이 깊도록 인선과 추억을 나누었다. 6년의 세월이 두 사람 사이에 있었지만 반나절이 넘게 이어진 둘만의 시간, 그 순간만큼은 시간이 멈춘 듯했다. 황진이 덕분에 잠시라도 시집살이의 시름을 놓을 수 있었던 인선은 황진이에게 예전처럼 자주 만나며 지내기를 바랐다. 하지만 6년의 세월은 길었다. 황진이는 차림새도 마음가짐도 예전의 황진이가 아니었다. 이이의 출산을 위해 인선이 파주를 떠난 이후의 날들, 조용히 황진이가 들려주는 그동안의 이야기를 들으며 인선의 마음은 무거워졌다. 자신이 떠난 후 황진이가 겪었을 고난과 성장을 상상하니 가슴이 아팠다. 미안함, 후회, 그리고 뒤늦은 깨달음이 그녀를 압도했다. 인선은 황진이의 손을 꼭 잡았다. 말로는 표현할 수 없는 감정들이 그 손길을 통해 전해졌다.

illustration : Generative AI DALL-E

27. 기생의 꼬리표

風月長相伴
客心夢裏愁
雖歸人世外
身影依舊流

바람과 달은 언제나 함께하고
꿈속에 떠도는 마음 시름이 가득하네
세상 밖으로 돌아가고 싶어도
그림자는 여전히 옛길 따라 흘러가네

ChatGPT

　　　　인선이 강릉으로 떠난 후, 황진이는 지루한 기방 생활을 이어가며 허전한 마음을 달래기 위해 몸종 연두와 함께 천수원 냇가로 나들이를 나갔다. 냇가의 너럭바위에 화문석을 깔고 앉은 황진이는 연두가 준비해 온 술을 한 잔 따라 마신 후 그제야 미소를 지었다. 상쾌한 오후의 바람과 푸른 풀, 맑은 물 위로 떠내려오는 감꽃의 아름다움에 취해 있던 그때, 냇가 아래 수양버들 그늘 속에서 누군가의 노랫소리가 들려왔다.

　조용히 귀 기울여 듣고 있던 황진이는 그 낯익은 곡조에 깜짝 놀랐다. 그 노래는 박력이 넘치면서도 미려하고, 깊고 청아하며, 호흡이 바르면서 안정과 격조를 고루 갖춘 것이 가히 절창이었다. 그렇게 노래할 수 있는 사람은 단 한 사람, 6년 전 송도에 잠시 머물다 한성의 선전관으로 떠난 이사종 외에는 없었다. 황진이는 가슴이 뛰기 시작했다. 노랫가락에 맞추어 거문고를 당겨 타며 곡조에 빠져들던 황진이는 가까이 다가오는 노랫소리에 거문고에서 손을 내려놓고는 나지막이 외쳤다.

　"게 누구냐?"

　황진이의 목소리가 떨리고 있었다. 곧바로 실버들 사이로 한 남자의 모습이 드러났다. 환한 미소와 함께 나타난 그 얼굴에 황진이의 심장이 멎는 듯했다. 바로 그 이사종이었다. 6년 전 그녀의 마음에 깊은 인상을 남기고 떠났던 그 사람이 지금, 여기, 그녀 앞에 서 있는 것이었다.

"잘 있었느냐?"

그의 목소리는 여전히 깊고 따뜻했다. 황진이는 말없이 고개를 끄덕였다. 그 순간, 6년의 세월이 한 번에 무너지는 듯했다. 선전관이면서도 목소리가 빼어나 당대의 소문난 명창이자 풍류객이었던 이사종이 송도의 풍덕군 군수로 발령을 받아 다시 돌아온 것이었다.

해가 저물도록 술과 노래 속에 시간을 보내던 두 사람. 유일한 말벗이었던 인선이 떠나고 마음 둘 곳이 없던 황진이는 그렇게 자신을 다시 찾아 준 이사종에게 마음이 흔들렸다. 이사종이 송도에 머무는 동안 그를 모시기로 결심한 황진이는 결국 기방을 나와 그의 첩이 되어 3년을 함께 지내며 혼자 남은 허전한 마음을 달랠 수 있었다. 그리고 황진이는 그에 대한 보답으로 임기를 마친 이사종을 따라 한성으로 돌아가 그의 가솔들을 돌보며 3년을 더 지낸 후 송도로 돌아왔다. 돌아올 수밖에 없었다.

아무리 천하제일의 황진이라 해도 기생의 몸으로 정실의 아내를 두고 있는 집에서 첩으로 지내는 데는 한계가 있었다. 기생의 꼬리표를 뗄 수 없었던 것이다. 기생인 그녀에겐 사람이란 다 같은 것, 남자도 여자도 영원할 수 없었다. 한편으로는 맘 둘 곳 없는 가녀린 영혼, 아버지 없이 자라나 한평생 가족을 갈망했던 황진이는 항상 한 남자의 가슴에 안겨 지아비의 사랑을 받는 평범한 아낙네의 생활을 꿈꾸었다. 이사종의 첩이 되어 그 꿈에 한 발짝 다가섰다고 생각했던 그녀였지만 현실은 냉혹했다.

한성에서 이사종의 첩으로 지내면서도 그녀를 향한 다른 남자들의 시선은 변하지 않았다. 소문을 듣고 벌떼같이 덤벼드는 사내들을 보며 황진이는 쓴웃음을 지을 수밖에 없었다. 그 순간 그녀는 깨달았다. 기생인 자신은 영원히 한 남자의 여자가 될 수 없다는 것을. 그녀가 꿈꾸던 평범한 삶, 가족의 따뜻함은 그저 허상에 불과했다.

"이제 돌아가옵니다."

송도로 돌아온 황진이는 과거의 망설임을 뒤로하고 기생으로서의 운명을 담대히 받아들였다. 그녀는 '명월'이라는 자신의 기명을 딴 무각정(無角亭)을 열어 당대 최고의 기생으로서의 정체성을 새롭게 정립했다. 무각정의 문이 열리자 황진이의 귀환 소식은 마치 봄바람처럼 전국을 휩쓸었다. 밤이면 무각정은 그녀의 자태와 재능에 매료된 손님들로 가득 찼고 황진이의 노래와 거문고 선율, 그리고 그녀의 세련된 대화 솜씨는 이 세상의 것이 아닌 듯 사람들의 마음을 사로잡았다. 사람들은 그녀의 모습을 한 번이라도 보고자 그녀가 따라주는 술 한 잔이라도 마시고자 먼 길을 마다하지 않았다. 황진이의 기예는 단순한 유흥을 넘어 깊은 감동과 아름다움의 경지에 이르렀다. 그녀는 이제 단순히 송도의 명물이 아닌, 조선 전체를 대표하는 최고의 기생으로 우뚝 서게 된 것이다.

illustration : Generative AI DALL-E

28. 선비 황진이

塵世名花盡
歸隱逐道深
古松淸影在
無言伴素心

속세의 명화는 어느새 시들고
도를 좇아 깊이 숨어 들었더니
고송의 맑은 그림자 여전히 남아
말없이 깨끗한 마음을 지켜주네

ChatGPT

　　　　천하절색인 그녀의 자태는 여전히 빛났으나, 세월의 흐름은 피할 수 없는 법. 어느덧 황진이의 나이도 서른을 넘어서고 있었다. 기방의 고객 명부를 훑어보던 어느 날, 황진이는 송도에 명망 높은 선비 중 한 명인 서경덕이라는 학자가 단 한 번도 자신의 기방을 찾지 않았다는 사실을 알게 되었다.

　가정형편으로 인해 스승 없이 홀로 학문에 매진하던 서경덕은 그의 나이 31세에 조광조에 의해 실시된 현량과에서 최고로 천거되었으나 당시에 많은 선비들이 사화로 참화를 당하는 것을 목격하며 곧바로 사퇴하고 화담에 서재를 짓고 학문에 전념하였다. 그 후로 과거 시험에 뜻을 두지 않았던 그는 속리산과 지리산 등 삼남 지방의 명산을 유람하며 기행시 몇 편을 남기고 다시 화담으로 돌아와 성리학 연구에만 몰두하고 있었다.

　사람들을 통해 서경덕이 책과 자연만을 벗 삼는 사람으로 지조가 굳고 인품이 고결한 학자로 칭송받고 있다는 소식을 들은 황진이는 그의 존재에 대한 궁금증이 일었다. 흥미를 느낀 황진이는 그를 시험해 보고자 수차례에 걸쳐 화담의 서재를 찾아갔다. 그러나 서경덕의 반응은 전혀 예상 밖이었다. 도학에 심취하여 신분평등 사상을 주창하던 서경덕은 그동안 보아온 수많은 사내들과 달리 황진이의 유혹을 몇 번이고 외면했으며 오히려 애쓰는 그녀를 가엾이 여길 뿐이었다.

"황진이, 그대의 아름다움과 재능은 세상 누구도 부인할 수 없을 것이오. 그대는 더 큰 운명을 가질 자격이 있소. 나의 길은 다르지만, 그대는 자신만의 빛나는 길을 찾을 수 있을 것이오. 부디 자신을 의심하지 말고, 그 길을 찾아 나서길 바라오."

자신을 여성 이전에 한 인간으로 존중해주는 그의 고결한 기품에 깊이 감동한 황진이는 마침내 31세가 되던 해에 16년간의 화려한 기생 생활을 완전히 접고 화담의 서재에 들어가 그의 제자가 되었다. 천하의 황진이가 가채를 벗고 머리를 풀어 헤치며 선비의 길을 걷기 시작한 것이다. 그녀는 마치 오랜 갈망 끝에 마침내 안식을 찾은 듯한 벅찬 감동에 휩싸였다. 양반의 자식으로 규수가 되었어야 했던 황진이는 비로소 자신의 꿈을 이룬 듯한 만족감을 느꼈다. 기생으로 살며 수많은 사람들과의 만남과 이별 속에서 상처만 남기던 그녀의 삶을 뒤로 하고 이제야 그녀가 영원히 행복할 수 있는 길을 찾은 것이었다.

인선이 강릉으로 돌아간 지도 어느덧 6년이 흘렀다. 그동안 홀로 긴 세월을 견뎌낸 황진이는 이제 어엿한 선비로서의 길을 걷고 있었다. 기생이라는 꼬리표를 떼고 춤과 노래를 멈추며 기방을 떠나 서경덕을 사사하면서 학문에 매진하는 그녀의 모습은 지금껏 모습보다 더욱 단아하고 고결해 보였다.

반면, 인선의 삶은 그러지 못하였다. 시댁의 며느리로서, 일곱 아이의 어머니로서 그녀는 많은 의무와 책임에 얽매여 있었다. 황진이의 지난 이야기를 들으며 인선은 더 이상 황진이와 함께 시간을 보낼 수 없다는 것을 깨달았다. 마음속 깊은 막막함과 고독감을 안고 황진이와 마지막 작별의 인사를 나눈 인선은 무거운 발걸음으로 한성으로 돌아올 수밖에 없었다.

illustration : Generative AI DALL-E

29. 매창의 가출

離別淚無止
家門愁未盡
幼心懷孤影
暗夜去無聲

이별의 눈물은 멈출 줄 모르고
가문의 근심은 끝나지 않았네
어린 마음 고독한 그림자 품고
어두운 밤 떠날 때 소리조차 없네

ChatGPT

　　　황진이를 떠나보낸 뒤, 인선의 마음은 더욱 어두워졌다. 한성으로 돌아온 그녀는 황진이를 잃은 슬픔과 시집살이의 고통으로 인해 마음의 병이 깊어졌고, 그 병은 점차 아이들에게로 향하게 되었다. 특히 천재성을 보인 다섯째 아이, 이이에게는 유독 가혹할 정도로 엄격한 교육을 시켰다.

　　그녀의 눈에는 오직 이이가 훌륭한 학자가 되어 가족의 명예를 드높여야 한다는 생각만이 자리 잡고 있었다. 이이가 기력을 잃지 않도록 몸에 좋은 보약을 끊이지 않게 했으며, 삼시세끼 좋은 반찬을 챙겨주며 그의 건강을 돌봤다. 그러나 인선의 이러한 집착은 이이에게 큰 부담이 되었고 어린 나이에 과도한 학업을 강요받는 이이는 점점 더 지쳐갔다. 인선의 마음속 깊은 곳에는 자신이 이루지 못한 꿈과 바람을 아들을 통해 실현하고자 하는 간절함이 자리 잡고 있었다. 하지만 그녀의 이러한 기대와 압박은 이이에게 큰 부담이 되었고 그 방식은 아이에게 너무나도 가혹한 것이었다.

　　반면, 예술적 감각이 뛰어난 매창은 인선의 심정을 아랑곳하지 않고 날마다 노래를 부르고 춤을 추며 자신의 열정을 마음껏 펼쳤다. 그녀의 자유분방한 태도는 방안에 갇혀 학업에만 몰두해야 했던 이이를 자극하기 일쑤였고 이이만을 챙기는 인선에게는 큰 눈엣가시였다. 결국 매창은 인선의 눈 밖에 나게 되었고 끼니를 거르는 일이 잦아졌으며 이이의 공부에 방해가 된다는 이유로 집에서 쫓겨나 며칠씩 노비들의 보살핌을 받으며 지내는 수난을 겪기도 했다.

지나칠 정도로 동생 이이만 챙기는 인선의 무심함에 매창은 돌이킬 수 없는 마음의 상처를 입었다. 결국 16세가 된 어느 날 밤, 매창은 아무도 모르게 가출하며 인선과의 천륜을 끊고 말았다. 매창의 가출에 분노를 참을 수 없었던 인선은 화병이 도지며 또다시 앓아눕게 되었고, 이원수는 인선의 병을 고치기 위해 유명한 의원을 불러들였지만 인선의 병은 쉽게 낫지 않았다. 아이들은 어머니의 병과 맏언니인 매창의 가출로 혼란스러워했다. 특히 매창을 잘 따르던 이이는 자신 때문에 가족이 흩어지는 것 같아 항상 죄책감에 시달렸다.

어쩔 수 없이 어린 아이들은 다시 권씨에게 맡겨졌다. 이원수의 요청으로 한성으로 올라온 권씨는 인선에 대한 불편한 심정을 감추며 아이들을 보살폈다. 이전부터 어미없이 자라던 아이들에 대한 애정을 품고 있던 그녀였기에 또다시 아이들은 권씨의 따뜻한 보살핌 속에서 성장해 갈 수 있었다.

이에 이원수는 점차 권씨를 아예 첩으로 들이려 했다. 하지만 몸져누운 상태에서도 극구 반대하는 인선 때문에 결국 실행에 옮기지 못했다. 이원수는 밤마다 한숨을 쉬며 해결책을 고민했지만 뾰족한 수를 찾지 못했다. 결국 둘 사이의 불화는 날이 갈수록 더욱 심해져만 갔고 가족 전체에 무거운 그림자를 드리웠다.

illustration : Generative AI DALL-E

30. 이이가 떠난 집

孤雲隨風去
空庭草自生
子遠千山外
母心暮雨聲

외로운 구름은 바람 따라 멀리 가고
빈 뜰에는 풀만이 홀로 자라나네
아들은 천산 밖으로 떠났지만
어머니의 마음은 저녁 빗소리에 젖네

ChatGPT

　　　　인선의 나이 45세. 어느덧 황진이와 헤어진 지도 6년이 흘렀다. 세월의 흐름 속에서 몸도 마음도 지쳐버린 인선의 유일한 희망은 오로지 이이였고, 그에 대한 집착은 날이 갈수록 더욱 깊어져만 갔다. 이이는 마침내 어머니의 성화에 못 이겨 13세라는 어린 나이에 진사초시를 치렀고 장원급제라는 경이로운 성과를 이루어내어 주변 사람들을 놀라게 했다. 오랫동안 병석에 누워 있던 인선은 어사화를 쓴 이이를 보며 오랜만에 환한 미소를 지었다. 이이가 자신에게 절을 올리자 인선은 그를 꼭 껴안고서야 겨우 자리에서 일어날 수 있었다.

　　그러나 과거급제 후에도 이이에 대한 인선의 기대는 더욱 커져갔다. 히스테리가 깊어진 인선은 그의 모든 시간을 공부에만 쏟게 하려 했고 이이의 작은 실수에도 크게 화를 내고 칭찬보다는 꾸중을 더 많이 했다. 이러한 인선의 태도는 이이를 점점 더 위축되게 만들었고 어린 나이에 감당하기 어려운 정신적 부담을 안겨주었다.

　　게다가 인선은 인선대로, 이이에 대한 지나친 집착은 그녀의 몸과 마음을 더욱 쇠약하게 만들었다. 남편과의 갈등은 여전히 해소되지 않았고 이제 겨우 여섯 살에 불과한 막내까지 돌봐야 했던 인선의 히스테리는 점점 더 심해졌다. 결국 인선은 심한 우울증에 빠져 하루하루를 고통 속에서 보내게 되었다.

"힘들다…"

그녀의 정신적 고통은 이이가 집을 떠나면서 극에 달했다. 장원급제 후 스승인 어숙권도 떠나고 홀로 조광조를 사숙하고 있던 이이에게는 여러 서원으로부터 입학 제의가 이어졌다. 이이에게는 어머니를 멀리할 절호의 기회였다. 어머니의 과도한 집착에서 벗어나 자유로운 환경에서 학문을 익히고자 했다. 조광조의 문하생인 휴암 백인걸을 찾아 떠난 이이의 뒷모습을 바라보며, 인선은 마치 창자가 끊어지는 듯한 고통을 느꼈다.

이이의 부재는 인선에게 깊은 상실감을 안겼다. 인선은 이이를 떠나보낸 후, 점점 더 깊은 우울에 빠져들었다. 모든 것을 걸었던 아들마저 자신의 곁을 떠나자 그녀는 더 이상 삶의 의미를 찾을 수 없었다. 인생의 모든 희망이 사라져 버린 듯한 절망감 속에서 인선은 자신이 만들어낸 상실의 깊은 늪에 갇혀버렸다. 아무리 몸과 마음을 가다듬으려 해도 그녀에게 남아있는 것은 공허함과 고통뿐이었다.

illustration : Generative AI DALL-E

31. 비구니 인선

紅塵難捨去
心碎不成空
歸家無處在
雲影伴孤風

속세를 떠나기가 이렇게 어려운가
마음은 부서져도 온전히 비워지지 않네
돌아온 집에 더는 내 자리가 없고
구름 그림자만이 외로운 바람을 부르네

ChatGPT

　　　　　인선의 삶은 나날이 무너져갔다. 남편 이원수의 잦은 기방 출입과 외도로 얻은 화병은 매창의 가출과 이이의 유학으로 더욱 깊어졌다. 그녀의 마음은 사소한 일에도 흔들리며 극도로 불안정해졌다. 그러던 어느 날, 남편이 결국 권씨와 딴살림을 차렸다는 소식이 들려왔다. 맏아들 이선과 동년배였던 권씨와의 외도는 인선의 마지막 자존심마저 무너뜨렸다.

　인선은 필사적으로 권씨가 집에 들어오는 것을 막으려 했지만 잦은 병치레로 자리에 누워있는 시간이 많아지면서 그녀의 노력은 점점 더 무력해져 갔다. 결국 인선은 집안의 큰 행사뿐만 아니라 사소한 살림마저 권씨의 손에 넘어가는 것을 누워서 지켜볼 수밖에 없었다. 집안의 안주인으로서의 자리마저 흔들리는 상황에 인선의 마음은 산산조각이 났다. 그녀는 무너져 내리는 자신의 삶을 속수무책으로 바라보며 깊은 고통과 좌절 속에서 하루하루를 보내고 있었다.

　그러던 어느 날, 탁발을 하며 마을을 돌던 한 스님이 빈 발우를 들고 인선의 집을 찾아왔다. 문을 열고 나온 인선의 모습에 스님은 깊은 충격을 받은 듯했다.

　"부인, 어찌 그러시오. 지금 부인의 모습은 이 빈 발우만도 못한 듯하오니, 오히려 제가 시주를 해야 할 것 같습니다."

금강산 유점사에서 왔다는 스님의 말에 인선은 잠시 멈칫했다. 그녀는 쌀 한 사발을 내밀었지만 스님은 고개를 저으며 발우를 거두었다. 스님의 눈에는 연민과 안타까움이 가득했다.

"이승의 연이 다한 듯하오. 이제라도 자신에게 보시하여 공덕을 쌓지 않으면…"

스님의 말이 인선의 마음을 꿰뚫었다. 그녀는 한동안 멍하니 서 있었다. 그 순간, 그동안의 모든 고통과 절망이 한꺼번에 밀려왔다. 인선의 눈에 광기가 서렸다. 이미 제정신이 아니었던 인선은 비구니가 되겠다며 그 길로 가출하여 스님을 따라 금강산 유점사의 말사(末寺)인 마가연(摩訶衍)으로 들어갔다.

인선의 갑작스러운 출가 소식에 이원수는 잠시 당황했지만 곧 주저없이 권씨를 집으로 들였다. 인선과 달리 천성이 소탈한 권씨는 인선이 남기고 간 어린 아이들을 마치 자신의 자식처럼 정성껏 돌보았다. 시간이 흐르면서 권씨는 자연스럽게 안채의 주인이 되었고 긴장과 불화로 가득했던 집안에 평화가 찾아왔다.

쉽게 떠난 집. 차라리 그렇게 비구니가 되어 버렸으면 모두에게 좋았을 것을…

집을 떠난 지 1년 후, 마가연 암좌에서 몸과 마음을 추스른 인선은 한성의 집으로 돌아왔다. 그녀의 가슴속에는 기대와 불안 그리고 미묘한 후회가 뒤섞여 있었다. 하지만 집 안으로 들어선 순간, 인선은 자신의 자리가 이미 사라졌음을 깨달았다. 아이들과 권씨가 화목하게 지내는 모습은 그녀의 마음을 찢어 놓았다. 분노와 배신감 그리고 깊은 상실감이 한꺼번에 밀려왔.

"너희가 어떻게 저 여자를 엄마라 부를 수 있느냐?"

인선의 날카로운 목소리가 집 안을 가득 메웠다. 아이들은 놀라 움츠러들었고 그들의 눈에는 혼란과 두려움이 가득했다. 인선은 아이들을 권씨로부터 거칠게 떼어놓았다.

"당장 이 집에서 나가! 여기가 어디라고..!"

인선은 그날로 권씨를 집에서 내쫓아 버렸다. 그 순간, 집안의 1년간의 평화는 한순간에 산산조각이 났다. 아이들은 혼란스러워하며 인선과 거리감을 느끼기 시작했고 그녀와 눈을 마주치는 것조차 피하려 했다. 집안은 다시금 긴장과 불화로 가득 차게 되었다. 며칠 후 이원수는 짐을 싸기 시작했다. 그는 인선을 향해 깊은 한숨을 내쉬며 말했다.

"난 파주로 가겠소. 당신이 떠났을 때 우리 가족을 지켜준 건 그녀요."

이원수의 말에 인선은 아무 말도 하지 못했다. 결국 이원수는 또다시 집을 떠났고 집 안에는 차가운 침묵만이 가득했다.

illustration : Generative AI DALL-E

마지막 재회

32. 다시 황진이
33. 마지막 유람길
34. 명창 이매창
35. 다시 인선에게로
36. 마지막 선물
37. 영원한 무각정
38. 아버지 곁으로
39. 덧없이 지는 꽃
40. 오죽헌의 부활
41. 세 번째 재회

illustration : Generative AI DALL-E

32. 다시 황진이

思友千里遠
尋影夢中行
山河幾度問
月下相逢情

벗을 그리며 천리 먼 길을 걷고
꿈속에서 그의 그림자를 찾아가네
산과 강을 몇 번이나 물으며
달빛 아래서 다시 만날 그리운 정이네

ChatGPT

　　　남편과 아이들이 등을 돌리고 텅 빈 집에 홀로 남은 인선의 삶은 나락으로 떨어졌다. 매일 술에 의지한 채 무의미하게 시간을 보내며 그녀는 점점 더 깊은 절망의 늪으로 빠져들었다.

　그러던 어느 날, 마루에 걸터앉아 안방을 바라보던 인선의 눈에 벽에 걸려 있는 매창의 그림이 눈에 들어왔다. 송악산을 배경으로 송도로 가는 길의 풍경이 그려진 그림, 파란 하늘 아래 펼쳐진 그림 속 풍경은 또다시 오래전 황진이와의 추억을 떠올리게 했다. 순간 인선의 마음에 작은 빛이 스며들었다.

　"황진이… 그래, 황진이…"

　인선은 그제야 깨달았다. 지금껏 살아오면서 자신에게 진정한 위안이 되었던 사람은 오직 황진이뿐이었다는 것을. 서로의 상처를 어루만지며 위로를 나눴던 그날들이 그리워졌다.

　떨리는 손으로 짐을 꾸린 인선은 송도를 향해 길을 나섰다. 피폐한 모습으로 선비가 된 황진이를 만난다는 것에 한편으로는 두려움과 불안이 엄습해 왔지만 오래전 황진이와의 추억은 인선에게 가장 큰 용기가 되었고 유일한 벗과의 재회에 대한 간절한 소망은 그녀의 발걸음을 재촉했다.

　그러나 하루하고도 반나절을 거쳐 송도에 도착한 인선을 기다리고 있던 것은 실망뿐이었다. 황진이는 송도에 없었다. 황진이가 이미 3년 전 그곳을 떠났다는 소식에 그녀의 가슴은 절망으로 무너져 내렸다. 그녀가 그렇게도 만나고 싶었던 유일한 친구는 더 이상 그곳에 없었다. 모든 희망이 사라진 듯한 순간 인선은 깊은 허탈감과 상실감에 빠졌다. 하지만 인선은 포기할 수 없었다. 이미 쇠약해진 몸이지만 황진이를 꼭 한 번 만나고 싶다는 간절한 마음이 그녀를 붙들었다. 이대로 송도를 떠날 수 없었던 인선은 황진이에 대한 소식을 찾아 헤매기 시작했다.

"꼭 찾아야 해…"

몇날 며칠을 송도의 거리에서 황진이의 행적을 찾아 헤매던 인선은 마침내 서경덕의 화담에서 황진이와 함께 수학했다는 한 사람을 찾아냈다. 그를 통해 인선은 황진이가 서경덕이 세상을 떠난 뒤 그가 과거에 유람을 하던 길을 따라 전국 유람을 떠났다는 소식을 듣게 되었다. 금강산을 시작으로 속리산, 지리산을 돌아오는 엄청난 거리였지만 인선의 마음은 이미 그 길 위에 있었고 분명 그 길 어딘가에 황진이가 있을 것이라고 확신했다.

인선의 마음은 황진이를 향한 간절함으로 가득 찼다. 밤이 깊어가는 줄도 모르고 인선은 황진이가 걷고 있을 장소를 상상하며 하나하나 적어 갔다. 종이를 펴고 한줄 한줄 적고 있는 그 순간, 황진이와의 재회에 대한 꿈이 더욱 선명해졌다.

'기다려, 진이야. 이번에는 내가 너를 찾아갈 거야.'

인선은 창밖으로 보이는 달을 바라보며 속삭였다. 그 달빛 아래 어딘가에 황진이도 같은 하늘을 보고 있을 거라는 생각에 인선의 가슴은 설렘으로 가득 찼다. 인선은 분명히 그 길 어딘가에 황진이가 있을 것을 확신하고 전국 팔도로 사람을 풀어 황진이를 수소문하기 시작했다.

illustration : Generative AI DALL-E

33. 마지막 유람길

千山萬水過
孤影逐風塵
舊夢皆成灰
終焉隨月輪

천산만수를 지나
외로운 그림자 바람 속에 흩어지네
옛꿈들은 모두 다 재가 되었고
마침내 달과 함께 끝을 맞이하네

ChatGPT

　　　　서경덕이 세상을 떠난 뒤 황진이의 삶은 새로운 전환점을 맞이했다. 깊은 상실감 속에서 그녀는 자신의 인생도 막바지에 이르렀음을 깨달았다. 그러나 이는 끝이 아닌 새로운 시작이었다. 황진이는 스승이자 연인이었던 서경덕의 발자취를 따라 명산대천을 유람하기로 결심했다. 도학을 배우며 인간의 참모습을 깨달았던 그녀는 그의 발자취를 따라 명산대천을 두루 살피며 호연지기를 느끼고 싶어 했다. 광활한 자연 속에서 서경덕의 크고 작은 숨결을 느끼며 그녀는 자신의 마지막 시간을 보내고자 했다. 그가 걸었던 길을 따라가며 그가 보았던 풍경을 바라보고, 그가 느꼈던 바람을 맞으며 황진이는 점점 인생의 참 의미에 대한 진지한 물음을 품게 되었다. 어느새 그녀는 길을 떠나는 선각자이자 구도자가 되어 있었다.

　'나 같은 사람이 또 있을까?'

　황진이는 송도를 넘어 먼 유람 길에 오르기 전에 자신과 같은 마음을 가진 동반자를 찾고 있었다. 마침 그 당시 송도에는 이생이라는 재상가의 아들이 있었다. 이생은 부정부패를 일삼는 영의정인 아버지에게 크게 실망하여 송도로 내려와 홀로 지내고 있었다. 마음속 깊은 분노와 좌절로 고통스러워하며 세상과 단절된 채 살아가던 이생. 그의 소문을 들은 황진이는 그에게 다가가 제안했다.

"세상사의 모든 번뇌를 잊고 저와 함께 유람이나 떠나보는 것은 어떻겠습니까?"

세상을 등지고 있던 이생은 그녀의 청을 거절할 이유가 없었다. 몇 마디 나누기도 전에 그는 덜컥 그녀에게 마음을 빼앗겼다. 그리하여 이생은 황진이와 함께 금강산으로 향했다. 하지만, 말이 좋아 유람이지 명산대천을 찾아다닌다는 것은 금강산을 시작으로 산과 강을 넘으며 이어지는 시련과 고통의 연속이었다. 매서운 바람과 비바람을 견디며 배고픔과 추위를 이겨내야 했다.

1년이 넘는 오랜 유람에 지친 이생은 어느 날 먹을 것이 다 떨어지자 중에게 몸을 팔아 식량을 구해오기까지 해야 했던 황진이에게 이제 그만 송도로 돌아가자고 했다. 하지만 이미 길에서 죽기로 마음을 먹고 떠난 황진이는 아무런 흔들림도 없었다. 끝내 유람을 계속하려는 황진이의 확고한 결심 앞에서 자신이 더 이상 함께할 수 없음을 깨달은 이생은 방랑의 고단함을 견디지 못하고 홀로 한성으로 돌아갔다.

"나는 여기까지인가 보오, 부디 몸 조심하시오."

이생의 마지막 인사를 들으며 황진이의 마음에는 쓸쓸함이 스쳤다. 하지만 그것도 잠시, 홀로 된 황진이의 유람은 계속되었다. 태백산, 지리산… 그녀는 쉼 없이 걸었다. 때로는 추위에 떨고 때로는 굶주림에 시달렸지만 그녀의 발걸음은 멈추지 않았다. 매 순간 서경덕의 숨결을 느끼며 황진이는 자신의 내면과 마주했다.

한동안 지리산에 머물다 내려온 황진이는 거지꼴이 되어 전라도 나주의 한 마을에 도착했다. 어느덧 송도를 떠난 지 3년이 흘렀다. 그녀의 몸은 피폐해질 대로 피폐해져 더 이상 유람을 할 수 없을 만큼 상해 있었다. 하얗게 고왔던 그녀의 피부는 거친 바람과 햇볕에 까맣게 그을려 있었고 손발은 상처투성이 였다. 나주의 거리를 터덜터덜 걸으며 황진이는 자신의 모습을 되돌아보았다. 한때 천하절색으로 불리던 그녀의 모습은 어디에서도 찾아볼 수 없었다.

illustration : Generative AI DALL-E

34. 명창 이매창

歌聲淸絶世
琴韻繞雲飛
衆客皆沈醉
花堂靜作微

청아한 노랫소리 세상에 울려 퍼지고
거문고 소리 구름을 감돌며 날아가네
손님들 모두는 황홀경에 빠지고
화려한 잔칫상을 고요하게 가라앉히네

ChatGPT

　　　　배고픔에 지친 황진이가 나주의 금성관에 도착한 날이었다. 마침 그곳에서는 나주목사와 여러 인사들이 모여 성대한 연회를 베풀고 있었다. 담장 너머로 들려오는 화려한 음악 소리와 기생들의 웃음소리가 그녀의 귀에 들려왔다.

　　황진이는 잠시 멈춰 서서 그 광경을 바라보았다. 유람을 다니며 때로는 몸을 팔아가며 생계를 이어가야 했던 그녀에게 이 익숙한 풍경은 복잡한 감정을 불러일으켰다. 과거의 자신을 떠올리며 착잡함이 밀려왔지만 동시에 또 한 끼를 해결할 수 있다는 안도감이 들었다. 굶주림은 그녀에게 잠시도 망설일 틈을 주지 않았다. 황진이는 깊은 숨을 들이쉬고 주저 없이 그 잔치판으로 발걸음을 옮겼다.

　　하지만 초대받지 않은 낯선 자리에서 잔치에 걸맞은 의상도 갖추지 못하고 용모를 다듬을 겨를도 없었던 황진이는 해진 옷차림에 얼굴에는 때가 자르르한 모습으로 마루에 올라앉았다. 거지꼴을 하고 태연히 이를 잡는 그녀의 모습에 사람들은 눈살을 찌푸렸다. 그 모습을 못마땅하게 여긴 기생들은 황급히 그녀를 쫓아내려 했으나 정작 술에 취해 흥이 오른 사람들은 껄껄거리며 바라보고만 있을 뿐 아무도 개의치 않았다.

　　황진이 또한 허기진 배를 채울 때까지 내려갈 생각이 없었고 우걱우걱 상위에 차려진 음식을 태연히 집어 먹었다. 황진이의 황당한 태도에 어이없어하던 한 기생이 욕지거리를 하며 자릿값을 내라고 으르자, '옳다구나', 황진이는 상 위의 물 한 사발을 들이켠 뒤 서슴없이 옆에 있던 거문고를 잡아채 뜯기 시작했다.

순간, 공기가 멈춘 듯했다. 황진이의 손끝에서 흘러나오는 선율은 그 자리에 있던 모든 이의 숨을 멎게 했다. 이어서 세상 처음 듣는 듯한 청아한 목소리가 황진이의 노랫가락과 함께 울려 퍼지자 그 자리에 앉아 있던 모든 사람들은 감탄을 금치 못했다. 황진이의 노래는 계속되었고 잔치장의 분위기는 완전히 바뀌었다. 기생들은 말문이 막혔고 손님들은 황홀경에 빠져들었다. 그때, 한 여인이 황진이를 유심히 바라보고 있었다. 나주 제일의 명창, 매창이었다. 그녀의 눈에 깊은 감정이 어렸다.

'이 목소리… 설마…'

매창이 나주에 있었다. 3년 전 어머니 인선에게서 받은 무심함에 집을 떠났던 매창이 멀리 이곳 나주에서 명창이 되어 자리를 잡고 있었던 것이다. 매창은 낯익은 선율, 어릴 적부터 귀에 익은 노랫가락이 들려오자 본능적으로 귀를 기울이며 곡조 하나하나를 놓치지 않았다. 황진이의 노랫가락에 한참을 귀를 기울이던 매창은 그녀가 바로 황진이임을 확신하고 목사에게 다가가 조용히 귀띔을 해주었다.

"저 자, 송도의 황진이입니다."

나주목사의 눈이 크게 떠졌다. 그는 황진이의 모습을 유심히 살폈다. 낡은 옷, 지친 얼굴, 거칠어진 손 오랜 유람으로 비록 몰골은 쇠하였지만 그녀가 소문으로만 듣던 황진이라는 사실을 알게 된 나주목사는 고개만 끄덕일 뿐 그녀의 노랫가락에 넋을 빼앗긴 채 한동안 말을 잇지 못했다.

"과연…"

한참 이어진 황진이의 노래가 끝나자 나주목사는 그녀를 정식 손님으로 맞이했다. 그는 황진이를 잔치의 귀빈으로 대접하고 나주에 머무는 동안 편히 지낼 수 있도록 자신의 별당을 내어주었다.

illustration : Generative AI DALL-E

35. 다시 인선에게로

再會風塵客
歲月老歌聲
明月照流水
雨心同遠情

바람 부는 세상 길에 다시 만나니
세월은 지나 노래 소리 늙었도다
밝은 달이 흐르는 물을 비추듯
두 마음엔 같은 그리움이 깃드네

ChatGPT

이튿날 아침, 매창은 떨리는 마음으로 황진이의 별당을 찾았다. 그녀의 손에는 오랫동안 소중히 간직해온 황진이의 화첩이 들려 있었다.

"이모님. 저… 인선의 딸 매창입니다."

이모, 매창의 말에 자리에 누워있던 황진이의 눈이 번뜩 떠졌다. 그리고는 한참을 매창을 바라보던 그녀의 얼굴에 따뜻한 미소가 번졌다.

"아, 그 어린 아이가 이렇게 훌륭한 명창이 되었구나."

따뜻하게 손을 어루만져주는 황진이 앞에서 매창은 눈물을 참으며 그간의 자신의 이야기를 풀어놓았다. 어머니와의 갈등, 집을 떠난 이유, 그리고 나주에서의 삶까지. 황진이는 그녀의 이야기를 경청하며 때로는 고개를 끄덕이고 때로는 안타까운 표정을 지었다.

"이모님, 부디 저에게 가르침을 주십시오."

매창이 황진이에게 간곡히 청했다. 그저 웃으며 쉽게 대답을 하지 않는 황진이였지만 그 이후로 매창은 매일 아침 황진이의 별당을 찾아가 그녀를 정성껏 보살피며 자신에게 노래와 춤을 가르쳐 주기를 간곡히 청하였다. 그렇게 보름이 되고 한달이 지나고, 단 하루도 거르지 않고 자신을 돌보는 매창의 지극한 정성과 간절함에 감동한 황진이는 마침내 자신의 모든 예술적 재능을 그녀에게 전수하기로 결심하였다.

매일 아침 해가 떠오르기 전 매창은 황진이의 별당에서 노래를 배웠다. 새벽의 맑은 공기를 가르며 울려 퍼지는 그녀의 목소리는 점점 더 힘 있고 아름다워졌다. 황진이는 매창의 목소리 하나하나를 세심하게 교정해주며 자신의 모든 기교와 감성을 아낌없이 전수했다.

"소리는 단순히 듣는 것이 아니라, 느끼는 것이다. 네 영혼을 담아 불러라."

또한, 낮에는 춤을 가르쳤다. 황진이는 매창에게 몸짓 하나하나의 의미와 아름다움을 설명하며 자신이 익혀온 춤사위들을 가르쳤다. 매창은 황진이의 지도에 따라 반복과 연습을 거듭하며 마침내 완벽한 춤사위를 익혔다.

"춤은 말없는 시(詩)다. 네 몸으로 이야기를 들려주어라."

매창은 황진이의 예술적 영감을 깊이 이해하며 자신만의 독창적인 작품을 만들어갔다. 시간이 흐르면서 황진이의 재능을 완전히 전수 받은 매창은 마침내 나주를 넘어 전라도 최고의 명창으로 우뚝 서게 되었다.

"참으로 훌륭하구나, 매창아. 이제 너를 가인(歌人)이라 하여라."

그러나 행복한 시간도 잠시, 황진이의 건강이 급격히 악화되었다. 오랜 유람으로 인해 몸이 상할 대로 상해 있었던 황진이는 결국 병석에 눕게 되었고 시간이 지나도 일어날 줄을 몰랐다. 매창은 밤낮으로 극진히 간호했지만 제대로 된 의원 하나 없어 나주의 열악한 의료 여건 탓에 황진이의 상태는 날로 나

빠져만 갔다.

그러던 어느 날, 황진이를 찾기 위해 전라도를 돌던 인선의 사람들이 나주에 도착했다. 그들은 고을의 한 잔치에서 노래하고 있는 매창을 알아보고 그녀를 찾아왔다.

"아니, 어째 아씨께서 이곳에…"

인선의 사람 중 하나가 놀라 물었다.

"그렇게 되었네."

매창은 담담히 대답했다. 그 자리에서 매창은 어머니 인선이 황진이를 찾고 있다는 소식을 들었다. 그녀는 혹시라도 어머니를 통해 황진이를 치료할 수 있을지도 모른다는 희망을 품고 이곳 나주에 황진이가 있으며 자신이 그녀를 돌보고 있다는 사실을 그들에게 전했다. 인선의 사람들은 그 길로 한성으로 돌아가 이 소식을 인선에게 알렸다.

황진이가 나주에서 변변한 치료도 받지 못한 채 죽어가고 있다는 소식을 들은 인선은 이튿날 급히 사람들을 나주로 내려보냈다. 그리하여 황진이는 한성 최고의 의원인 명혜원으로 옮겨질 수 있었다.

illustration : Generative AI DALL-E

最後歌聲斷
舊友淚如泉
風鼓山間路
孤魂歸月邊

36. 마지막 선물

마지막 노랫소리 어느새 끝이 나고
옛 친구 눈물은 샘솟듯 흐르네
차가운 바람 북을 치며 산길을 감싸고
외로운 네 영혼 달 곁으로 돌아가네

ChatGPT

　　　　명혜원에 도착한 황진이는 생사의 갈림길에 서 있었다. 인선과 명혜원의 의원들은 밤낮으로 그녀를 돌보았지만, 그녀의 생명이 기적처럼 다시 피어날 수 있을지 모를 순간, 황진이의 숨결 하나하나가 모두의 가슴을 조이게 했다. 하루가 지나고 또 이틀이 지난 사흘째 아침이 되어서야 황진이가 겨우 눈을 떴다.

　"진이야." 인선이 황진이의 이름을 부르며 눈물을 흘렸다.
　"다행이야, 언니를 다시 만나서." 황진이는 힘없이 미소 지으며 말했다.

　하지만 황진이의 상태는 여전히 위중했다. 황진이를 살리기에는 너무 많은 시간이 지나버렸다. 생의 마지막 순간 인선과 다시 만난 황진이는 반가워할 기운도 없이 겨우 가쁜 숨을 몰아쉬고 있었다. 평생의 유일한 벗, 인선을 바라보는 황진이는 눈빛에는 지난 시간의 그리움과 애틋함이 서려 있었다. 하염없이 눈물을 흘리는 인선을 바라보던 황진이는 힘겹게 그녀에게 마지막 유언을 남겼다.

　"언니, 내가 죽어도 곡을 하지 말고 상여가 나갈 적에는 장구를 두드리고 풍악을 울려 인도해줘. 그리고 내 몸은 비단이나 관을 쓰지 말고 옛 동문 밖 물가 모래밭에 시체를 내버려서 개미와 땅강아지, 여우와 살쾡이가 내 살을 뜯어 먹어 세상 여자들로 하여금 나를 거울삼도록 해 줘. 알겠지? 부탁해."

황진이는 평화로운 미소를 지으며 눈을 감았다. 가족이라고는 오래전 세상을 떠난 어머니밖에… 자신을 거둘 아무런 유족이 없는 황진이는 그렇게 인선에게 마지막 부탁을 남기고 그녀의 품에 안겨 숨을 거두었다. 그토록 찾아 헤매던 황진이를 만났건만 그저 흐느끼기만 할 뿐 황진이의 마지막 순간까지도 그녀를 위해 할 수 있는 것이 아무것도 없다는 사실에 가슴이 미어졌다.

애타게 찾은 보람도 없이 또다시 허무하게 황진이를 떠나보내야 했던 인선은 허리춤에 차고 있던 삼적노리개 하나를 꺼냈다. 어릴 적 아버지로부터 받은 작은 노리개 하나… 이 노리개는 그녀의 삶의 증표와도 같은 것이었다. 그녀는 노리개를 차갑게 식어버린 황진이의 손에 꼭 쥐어주었다. 한 많은 그녀의 일생을 가슴 아파했던 인선은 죽어서라도 그녀가 바라던 삶을 살기를 바라는 마음이었다.

"저세상에서는…"

이제 남은 것은 하나였다. 그녀의 유언을 받드는 것만이 인선이 황진이를 위해 해줄 수 있는 유일한 일이었다. 하지만 인선은 아무리 유언이라 할지라도, 자신의 유일한 벗을 차마 함부로 내버려 줄 수는 없었다. 결국 인선은 성대하게 그녀의 장례를 치러주었고, 상여가 나가는 날, 나주의 매창을 불러 풍악을 울리며 노래를 하게 하였으며 장단군 남정현 입우물재의 땅을 얻어 양지바른 자리에 곱게 무덤을 쓰고 제를 올려주었다.

illustration : Generative AI DALL-E

37. 영원한 무각정

古墓泉聲起
香魂笑影留
人來醉未醒
無角夢中遊

옛 무덤에 샘 소리가 솟아오르고
향기로운 혼은 웃음 짓는 그림자로 남았네
찾아온 사람들 취해 깨어나지 못하고
무각정의 꿈속을 한없이 떠도네

ChatGPT

　　　나주로 돌아온 매창은 황진이를 기리기 위해 황진이가 머물던 나주 목사의 별당에 풍류방을 지었다. 붉은 단풍나무로 만든 기둥과 청록빛 기와로 장식된 이 풍류방은 금세 나주의 명소가 되었다. 매창은 이곳을 "진이각(眞怡閣)"이라 이름 짓고 시조를 짓고 노래를 좋아하는 많은 가객과 금객이 함께 어울려 풍류를 즐길 수 있도록 하였으며 풍류방을 찾는 사람들은 신분과 성별의 가림이 없이 누구라도 서로의 재능을 뽐낼 수 있었다.

　　매창의 풍류방을 찾는 사람들 중에는 임제라는 재기 넘치는 문인이 있었다. 어려서부터 성격이 호방하고 얽매임을 싫어했던 임제는 명산대천을 유람하며 음풍영월(吟風詠月)로 살아가는 삶을 즐겼다. 그는 어린 시절부터 매창으로부터 황진이에 대한 이야기를 듣고 자라며 그녀에 대한 깊은 동경심을 품고 있었다.

　　임제의 호방한 성격과 자유를 갈망하는 마음은 그의 삶의 방향을 결정짓는 중요한 요소였다. 벼슬길에 대한 관심이 점차 사라졌고 관리들 사이의 비방과 질시, 편 가르기 등 관직 사회의 현실에 깊은 환멸을 느꼈다. 이러한 이유로 그는 벼슬보다는 유람의 삶을 선택하게 되었다. 그러나 운명은 때로 예기치 못한 방향으로 흘러가기 마련이다. 35세가 되던 해, 임제는 뜻밖에도 서북도 병마평사로 임명되었다. 자유로운 영혼의 소유자였던 그에게 관직은 큰 부담이었지만 동시에 새로운 경험의 기회이기도 했다.

임제는 나주를 떠나 임지인 평양으로 향하는 긴 여정 중에 송도를 지나게 되었다. 이곳이 황진이가 생의 대부분을 보낸 곳임을 알고 있던 그의 가슴은 설렘으로 가득 찼다. 오랫동안 동경해 온 황진이의 흔적을 찾을 수 있다는 생각에 송도에 도착한 임제는 주저 없이 황진이의 무덤을 찾아 나섰다. 세월의 흔적이 깊이 새겨진 황진이의 묘소 앞에 선 임제의 마음은 무거웠다. 그는 깊은 침묵 속에 잠겼다. 풍상에 깎인 묘비와 무성한 잡초는 마치 세상의 무상함을 일깨우는 듯했다. 임제에게 황진이는 단순한 기생이 아니었다. 그녀의 시와 삶은 임제에게 깊은 영감의 원천이자 진정한 예술의 의미를 일깨워주는 등불과도 같았다. 황진이는 임제의 마음속에서 존경의 대상이자 동경의 화신으로 자리 잡고 있었다.

한참을 묵묵히 서 있던 임제는 마침내 입을 열어 안타까운 마음을 담아 시조 한 수를 읊었다.

> 청초 우거진 골에 자는다 누웠는다
> 홍안은 어디 두고 백골만 묻혔나니
> 잔 잡아 권할 이 없으니 그를 슬퍼하노라

시조를 마친 임제는 조용히 술 한 잔을 따라 제를 올렸다. 그의 손길에는 경건함이 묻어났고 눈빛에는 깊은 존경과 애도의 정이 서려 있었다. 황진이의 무덤에 깊이 절을 올린 임제는 무거운 발걸음을 옮겨 묘소를 떠났다.

그렇게 임제가 제를 올리고 떠난 어느 날부터 황진이의 무덤 앞에 조그마한 샘이 하나 생겨났다. 작은 바위 두 개 사이로 물이 조금씩 솟아 나오기 시작했고 목이 마른 과객이 그 물을 마시려면 무릎을 꿇어앉아야만 했는데 마시는 모습이 흡사 여인의 허벅지 사이에 머리를 파묻고 있는 것과 같았다. 기묘한 것은 그에 그치지 않았다. 사람들이 목을 축이려 할 때마다 샘물은 술로 바뀌어 사람들을 깜짝 놀라게 했으며 한 잔 두 잔 그 샘물을 마신 사람들은 흔껏 취하여 쉽사리 그 자리를 떠나지 못했다.

샘물의 소문은 금세 사방에 퍼졌고 날이 갈수록 전국에서 샘물을 찾는 사내들이 늘어가면서 황진이의 무덤 앞에는 언제나 술에 취해 흥청이고 있는 사내들로 장사진을 치고 있는 것이 마치 예전 황진이의 무각정(無角亭)을 보는 듯했다.

illustration : Generative AI DALL-E

38. 아버지 곁으로

遙望白雲遠
幽魂歸故鄉
此生多苦淚
終得父懷藏

먼 곳에 흰 구름을 바라보다
그리운 혼 고향으로 돌아가네
많은 눈물 속에 살아온 생은 끝나고
이제는 편안히 아버지의 품에 안기네

ChatGPT

황진이가 세상을 떠난 지 3년, 인선의 나이도 어느덧 48세가 되었다. 유일한 벗이었던 황진이가 세상을 떠난 뒤 3년이 되도록 인선이 마음을 둘 곳은 어디에도 없었다. 홀로 남은 외로움에 시달리던 인선은 또다시 깊은 우울증에 빠져들었고 점차 일상생활조차 힘겨워하게 되었다.

인선은 대부분의 시간을 방 안에서 홀로 누워 보냈다. 때로는 멍하니 창밖을 바라보며 눈물을 흘리기도 하고 황진이와 함께했던 추억을 떠올리며 한숨을 내쉬곤 했다. 식사도 거의 하지 않았고 자녀들이나 하인들이 걱정스레 다가와도 혼잣말만 되내며 무덤덤할 뿐이었다.

인선의 무기력함과 깊은 슬픔은 가족 전체를 어둡고 무거운 분위기로 감쌌다. 이러한 상황에서 자녀들이 겪는 고통은 이루 말할 수 없었다. 어머니의 모습에 안타까워하면서도 어찌할 바를 몰랐고 특히 이이는 어머니의 고통스러운 모습을 지켜보는 것이 힘들어 때로는 어린 동생들을 데리고 잠시 집을 떠나기도 했다.

한편, 관직을 내려놓고 권씨의 집에서 여생을 보내기로 했던 이원수에게 운명의 바람이 불어왔다. 한양의 조정에서 온 사자들이 임명장을 가지고 온 것이다. 그것은 고인이 된 숙부, 영의정이었던 이행의 공훈에 따른 것이었다. 이원수는 쉰 고개를 넘긴 늦은 나이에 한양의 수상 운송을 담당하는 수운판관이라는 직책을 맡게 되었다. 3년 만에 한성으로 돌아온 이원수는 그간 자신의 곁을 지켜준 권씨를 첩으로 삼고자 했고 권씨 또한 이원수를 따르기로 결심했다. 이원수에게는 새로운 인생의 궤적이 펼쳐지는 순간이었다.

하지만 벌써 몇 번째, 이원수가 권씨를 첩으로 다시 들이려 한다는 소식을 들은 인선은 남편의 처사를 용납할 수 없었다. 몸져누워 자신의 몸 하나 제대로 가누지 못하는 처지가 되어서도 누구도 자기의 자리를 대신 차지하지 것은 결코 허락하지 않았던 것이다.

인선은 남편을 불러 몇 날 며칠 동안 유교 경전의 사례까지 들어가며 간곡히 설득했다. 자신이 죽은 뒤라도 재혼은 하지 말아 달라고 애원하는 그녀의 목소리에는 분노보다는 두려움과 애절함이 묻어났다. 이러한 인선의 필사적인 노력에 결국 권씨는 집에 발을 들이지 못한 채 다시 파주로 돌아갔다.

그러나 인선의 이러한 행동이 이성을 잃은 과도한 집착으로만 보였던 이원수의 마음은 인선의 기대와는 달랐다. 그는 아내의 상태를 안타깝게 여기면서도, 더 이상 고집스러운 그녀의 요구에 응할 수 없다고 느꼈다. 점차 이원수는 인선의 말을 듣는 둥 마는 둥 침묵으로 일관하며 그녀를 외면하기 시작했다. 부부 사이의 간극은 점점 더 벌어져 갔고 그들의 관계는 이제 돌이킬 수 없는 지점에 이르렀다.

그러던 어느 날, 남편이 맏아들 이선과 셋째 아들 이이를 대동하고 평안도로 물자를 운반하러 떠났다. 그 사이 병이 깊어진 인선은 자신의 최후를 예감한 듯 한동안 누워있던 자리에서 일어나 말끔히 옷을 차려입고는 그림을 그리듯 한 자 한 자 힘겹게 이이의 건강을 바라는 구구절절한 편지 한 통을 써 보냈다. 하지만 아들과의 인연도 이미 다했던 듯 인선은 편지가 이이에게 도착하기도 전에 눈을 감고 말았다.

인선의 마지막 순간, 어린 아이들과 몸종들 사이에서 죽음을 기다리던 인선이 눈물을 흘리며 부르던 사람이 있었는데, 그 사람은 인선이 평생을 집착하던 아들 이이도 아니었고 한때 인선을 살펴주던 황진이도 아니었다.

"아버지…"

눈을 감은 채 몇 번이나 아버지를 부르던 인선은 어느새 조용히 미소를 띠며 숨을 거두었다. 잠든 듯 눈을 감고 있는 그녀의 모습에선 포악하고 극성스럽던 흔적은 어디에도 찾아볼 수 없었고 오히려 작은 미소를 띠고 있는 그의 얼굴은 어릴 적 아이의 모습을 하고 있었다. 인선은 평생 아버지의 정을 그리워하며 살아왔던 것이다. 천성이 끼 많고 낙천적이었던 인선은 아버지 없이 자라며 어미니로부터 모진 대접을 받으며 살아왔다. 그로 인해 빗나간 그녀의 마음은 결혼 전 어린 나이, 이미 그때부터 병들어 있었고 이제야 힘겹게 살아온 애증의 세월을 뒤로하고 편안히 아버지 곁으로 돌아가는 것이었다.

이원수와 두 아들은 보름 뒤 일을 마치고 마포나루에 도착했을 때에서야 인선의 부음을 알게 되었고 권씨의 도움으로 장례를 치렀다는 사실도 알게 되었다. 인선이 세상을 떠난 날, 그녀의 죽음을 아는 이는 거의 없었다. 고향을 떠나 한성에서 이방인으로 살아온 탓에 친척들 중 누구도 그녀의 죽음 소식을 듣지 못했다. 집안에는 어린 아이들과 노비들만이 있었고 인선의 장례를 제대로 치를 수 있는 사람이 없었다. 9살짜리 어린 이우를 상주로 장례를 치를 수도 없었고 평소 이원수 내외의 불화를 알고 있던 주변 사람들도 어느 누구 하나 선뜻 인선의 장례를 대신 치러주겠다고 나서지 않았다. 멀리서 아이들의 연락을 받고 달려온 권씨만이 유일하게 그 일을 맡아주었고 권씨의 간곡한 부탁으로 나서 준 마을 사람들 덕분에 그나마 가묘라도 세우며 인선의 장례를 무사히 치를 수 있었다.

아이들과 함께 인선의 가묘를 찾은 이원수는 이미 곱게 삭아있는 인선의 시신을 선산으로 옮겨 안장하고 마지막 가는 길에 크게 제를 올려 홀로 허망하게 떠난 그녀의 넋을 달래주었다. 그 후 이원수는 집안을 대신해 아내의 상을 치러준 권씨와 정식으로 재혼하고 그녀를 집으로 들여 어린 자식들을 돌보도록 했다. 그리고 인선에 대한 시묘는 장남인 이선에게 맡기는 것이 당연했으나 이원수는 그렇게 하지 않고 자식들 중 유일하게 인선의 총애를 받았던 셋째 아들 이이에게 맡겼다.

illustration : Generative AI DALL-E

39. 덧없이 지는 꽃

花落春風急
歲月似流水
母夢隨雲散
子心繫蒼天

꽃은 봄바람에 급격히 지고
세월은 물처럼 세차게 흘러가네
어머니의 꿈은 구름 따라 흩어지고
아들의 마음은 푸른 하늘에 걸려있네

ChatGPT

　　　　인선의 죽음은 이이에게 심적으로 정신적으로 커다란 충격을 주었다. 어머니의 쓸쓸한 죽음을 지켜보며 삶과 죽음에 대해 깊이 고뇌하던 이이는 인선의 무덤 옆에 묘막을 짓고 생활하기 시작했다. 16세 어린 나이에 홀로 시묘살이를 하며 보낸 3년 동안 이이는 안타까운 삶을 마쳐야 했던 한 여자로서의 어머니 인선에 관한 일대기를 차근히 써내려갔다.

　세상 더 바랄 것 없는 최고의 명문가의 딸로 태어났음에도 겨우 이렇게 홀로 쓸쓸히 떠나야만 하는 인생이었던 것을, 어찌 평생을 욕심과 질투에 사로잡혀 살았어야만 했는지 그리고 죽음의 순간까지 자신을 찾았던 어머니는 어떤 집착이 그렇게 자신과 주변을 힘들게 했는지… 어머니가 바라던 삶은 무엇이었는지, 어머니의 마지막 순간 부르던 아버지는 누구였기에 그리 애타게 눈물짓다 세상을 떠나야 했는지…

　3년간의 시묘살이 끝에 어머니의 일대기를 담은 '선비행장'이라는 문집을 완성한 이이는 한성으로 돌아왔다. 마지막으로 어머니의 흔적을 찾아 외할머니가 계신 강릉으로 가던 중 돌연 이이는 대관령에서 마음을 바꿔 한때 인선이 머물렀던 금강산의 마가연(摩訶衍)으로 향했다. 그곳에서 어머니의 집착과 고통을 이해하고 자신의 삶을 새롭게 정립하기 위해 중이 되기로 결심했다.

　그곳에서 석담(石潭)이라는 법명을 받은 이이는 승려들 사이에서 생불이 출

현했다는 소문이 날 만큼 열심히 불도를 닦았다. 그는 매일 새벽부터 일어나 명상과 참선을 하고 경전을 읽고 암송하는 데 몰두했다. 이이는 고된 수행을 통해 마음의 평정을 찾고자 했으며 매일 저녁 참회와 감사의 시간을 가지며, 스스로의 내면을 성찰하는 시간을 보냈다.

그러나 천재라 불리던 이이였음에도 불구하고 불교에 입적한 지 3년이 지나도록 아무런 깨달음을 얻지 못했다. 이이는 불교의 무념무욕이 자신의 기질과 맞지 않다고 판단했다. 어려서부터 늘 생각이 많고 호기심이 가득했던 그에게는 불교가 제공하는 평온함과 달리 성리학이 지닌 논리적 체계와 도덕적 가르침이 더 적합했던 것이다. 22세가 되는 해, 이이는 결국 금강산을 떠나 다시 강릉의 오죽헌으로 내려가 그곳에서 다시 성리학을 탐독하기로 했다.

오죽헌으로 돌아온 이이는 어릴 적부터 극진히 보살펴 주던 외할머니 이씨 덕분에 학문에만 매진할 수 있었다. 한때 끊임없이 이이를 괴롭히던 친척들은 모두 재산을 나눠 받으며 오죽헌을 떠난 지 오래였고 외할머니 이씨는 이이의 일거수일투족을 지켜보며 끊임없이 채찍질했던 어머니와 달리 이이에게 마음 편히 공부할 수 있는 환경을 만들어 주었다. 그녀는 이이의 건강을 세심히 챙기며 그의 몸과 마음이 균형을 이루도록 도왔다. 외할머니의 이러한 배려 덕분에 이이는 자유로운 환경 속에서 자신의 잠재력을 마음껏 발휘할 수 있었고 그 결과로 23세부터 29세까지 생원시와 식년문과에서 모두 장원으로 무려 아홉 번이나 급제하는 놀라운 성과를 거두었다.

이이는 그의 뛰어난 재능과 노력이 곧바로 인정받아 대사간의 직책을 역임하며 조정에서 중요한 역할을 수행하게 되었다. 대사간으로서 그는 백성의 목소리를 대변하고 왕에게 올바른 조언을 하며 국정을 운영하는 데 중요한 역할을 했고, 이후 이조판서로 임명된 그는 공정하고 엄격한 기준을 적용하여 우수한 인재를 발굴하고 이를 통해 조선의 행정체계를 강화하는 데 주력했다.

그러나 안타깝게도 그의 찬란한 삶은 길지 못했다.

가히 희대의 천재였던 이이는 학문적 명성과 인품으로 누구나 존경할 만한 인물이었다. 그러나 어릴 적부터 어머니의 큰 기대 속에서 자란 그는 관직에 오른 후에도 그 부담감에서 벗어나지 못했다. 천성이 아버지를 닮아 모질지 못했던 이이는 어머니의 기대에 부응하기 위해 지나칠 정도로 과로하는 습관을 버리지 못했고 이는 임금의 기대까지 더해지며 더욱 심해졌다.

관아와 서재를 오가며 학문에만 몰두하던 그는, 밤이 되면 촛불을 켜고 서책을 펼쳐 들었다. 임금의 기대를 저버리지 않기 위해 그는 매일 밤늦게까지 서재에서 나올 줄 몰랐다. 관리들의 보고서를 검토하고, 새로운 정책을 구상하며 임금에게 올릴 상소문을 작성하느라 잠시도 쉬지 않았다.

"경의 학문과 충정을 믿노라. 경이 없으면 조정이 흔들릴 것이오"

임금이 그에게 직접 내린 교서를 받는 날이면 이이는 더욱 매진하여 밤을 지새우며 일했다. 그러나 이이의 몸은 점점 쇠약해져 갔고 그럼에도 그는 멈추지 않았다. 마치 어머니 인선의 집요한 성격을 물려받은 듯 이이는 자신의 한계를 넘어서까지 일에 매달렸다. 결국 병조판서로 부임한 지 얼마 되지 않아 과로로 쓰러진 이이는 49세라는 이른 나이에 세상을 떠나고 말았다. 어머니 인선이 그토록 바랐던 영광스러운 아들의 모습으로 살다 간 이이였지만 그 역시 너무 이른 나이에 생을 마감했다. 건강한 몸으로 나라에 헌신하며 영원히 기억되기를 바랐던 이이가 세상을 떠나며 인선의 마지막 흔적마저 이 세상에서 사라지게 되었다.

illustration : Generative AI DALL-E

40. 오죽헌의 부활

竹影淸風動
書香滿戶盈
佳人習文畵
故院復光榮

대나무 그림자 맑은 바람에 흔들리고
책의 향기가 집안에 가득 넘치네
여인들이 글과 그림을 배우니
옛집은 빛을 내며 영광을 되찾았네

ChatGPT

　　　1637년, 소현세자와 봉림대군 두 왕자 부부가 인질로 가며 끝이 난 병자호란 이후 전쟁의 그늘에서 벗어난 조선은 차츰 학문과 문화가 꽃피기 시작했다.

　　이 시기 이조판서와 좌의정을 역임한 문신이자 조선 후기를 대표하는 사상가였던 송시열이라는 걸출한 인물이 있었다. 이이의 학통을 계승하던 송시열은 어느 날 이이의 연보를 수정하기 위해 그의 문집을 정리하던 중 모친의 행장을 기록한 '선비행장'을 발견하였다. 이를 보고 송시열은 이 문집이 대성인 이이의 귀한 유산으로 생각했다. 행장 속 '산수화를 그리신 것이 지극히 묘하셨고 또한 포도를 그리셨으니 모두 세상에 견줄 만한 이가 없다'는 구절을 읽은 그는 이이의 모친이 예술적 재능을 지닌 분임을 알게 되었다.

　　이이의 학문적 깊이와 그의 모친의 예술적 재능이 어떻게 연결되어 있는지를 직접 확인하고 싶었던 송시열은 이이의 생가인 오죽헌을 직접 찾아가기로 하였다. 어느 날 강릉부사와 함께 오죽헌을 방문한 송시열은 안채에 걸려 있는 글과 그림의 작품들을 보고 감탄했다.

　　"그 손가락 끝에서 나온 그림은 흔연히 하늘이 이룬 것처럼 사람의 힘이 들어가지 않은 것 같다. 가히 율곡 선생을 낳은 것이 마땅하다."

송시열은 이이의 모친을 극찬하며 오죽헌에 걸린 그림에 발문을 남겼다. 이를 계기로 그는 여성들도 인간답게 살아가기 위해 자기 몫을 다해야 하며 예의와 염치를 알고 도리를 지켜야 한다고 여기게 되었다. 이러한 신념을 바탕으로 그는 여성들에게 천자문부터 사서 육경까지 폭넓은 교육을 받도록 장려했다.

　그 결과 이이가 세상을 떠난 후 한동안 사람들의 발길이 끊겼던 오죽헌은 송시열에 의해 지방 여성들의 교육 장소로 지정되었고 글과 그림을 배우려는 여인들로 문전성시를 이루며 오죽헌은 예전의 번성했던 모습을 되찾았다.

illustration : Generative AI DALL-E

41. 세 번째 재회

月明曲再聲
驚見舊時情
友笑秋風起
心連百歲行

달빛 아래 노래 다시 울려 퍼지고
옛정이 살아나 놀라움에 마주하네
친구는 가을 바람 속에 웃음짓고
마음은 백년을 함께 걸어가네

ChatGPT

　　2024년 9월, 지난 달 빌보드 음원 차트 1위를 석권한 사임은 K-Pop의 아이콘을 넘어 명실상부한 W-Pop 시장의 아이콘으로 등극하며 연일 화제를 불러일으켰다. 그녀의 모든 음악과 일상, 말과 움직임은 전 세계 팬들의 주목과 사랑을 받고 있었다.

　　KBS의 추석 특집으로 꾸며진 사임의 단독 콘서트는 전 세계의 이목을 집중시켰다. 이 콘서트에서 처음 소개된 한 노래는 그녀가 팝뿐 아니라 트롯까지 모든 장르를 아우르는 최고의 아이콘이라는 것을 증명하고 있었다.

　　저녁식사를 마친 진이의 가족들은 TV 앞에 앉아 사임의 콘서트를 보고 있었고, 설거지를 마친 진이도 아이들이 먹을 과일을 챙겨와 소파에 앉았다.

　　민요풍의 트롯, TV를 시청하고 있던 진이의 가족들은 처음 듣는 그의 노래에 열광했고 실시간으로 유튜브 조회수가 급상승하는 것을 보며 모두가 놀라워했다. 물끄러미 TV를 바라보던 진이는 첫 소절을 듣는 순간 깜짝 놀랄 수밖에 없었다.

　　"달아 달아 밝은 달아…"

　　『명월가』였다. 가사는 물론 리듬과 곡조마저 똑같은 그 노래는 분명히 오래전 자신이 직접 지어 부르던 노래였다. 혼자만이 불렀고 아무런 기록으로도 남기지 않았던 노래, 그리고 500년이 지났다. 지금 세상에 그 노래를 알고 있는 사람이 있을 수가 없었는데 사임이 완벽하게 살려 부르고 있는 것이었다. 진이의 머릿속에 예전의 기억들이 홍수처럼 밀려들었다. 그리고 그 시절의 모든 추억들이 선명하게 떠올랐다. 방송이 끝나고 유튜브를 돌려보기를 수차례, 진이는 사임의 몸동작 하나하나를 유심히 살펴보며 눈을 떼지 못했다.

'선이 언니구나…'

조용히 미소를 짓던 진이, 사임이 인선이라는 것을 알아본 그녀는 꼭 한 번 사임을 만나기로 마음먹었다. 하지만 세계적인 아티스트인 사임과 쉽게 연락이 닿을 수 없었고 집안의 아이들을 두고 공연장을 따라다닐 수도 없었다. 그러던 중 가까운 시일 내에 집 근처에서 사임의 팬 사인회가 열린다는 소식을 접한 진이는 무작정 그곳으로 찾아가기로 결심했다. 비록 팬 사인회 추첨에 당첨되지는 않았지만 진이에게는 사임을 가까이서 볼 수 있는 유일한 기회였다.

2024년 10월 6일, 찬바람이 불고 낙엽이 떨어지는 가을의 한복판이었다. 새로 발매한 앨범으로 유튜브 10억 뷰를 돌파한 사임은 서울 코엑스에서 한 시간 동안 팬들을 직접 만나는 시간을 가지고 있었다. 행사장 주변은 사임을 보기 위해 모인 팬들과 취재진들로 인산인해를 이루며 그녀의 엄청난 인기를 실감케 했다. 진이는 긴장된 마음으로 행사장 주변을 서성였다.

드디어 무대 위로 사임이 올라왔다. 퍼플 의상에 킬힐을 매칭한 엣지 있는 모습으로 등장한 사임은 사인회 내내 소탈한 매너로 팬들을 반갑게 맞이하고 있었다. 사인회를 찾은 팬들과 대화하며 사진을 찍는 사임은 모처럼 팬들과의 만남에 설레는 모습이었다. 통제선 너머에서 그 모습을 바라보던 진이는 흐뭇한 미소를 지으며 사임에게서 눈을 떼지 못했다. 마지막 팬과 함께 사진을 찍고 난 사임은 주변에 가득한 팬들에게 손을 흔들며 답례의 인사를 하고 있었다. 매니저로부터 마이크를 받아 감사의 인사를 전하던 사임은 통제선 너머 아이 손을 잡고 서 있는 진이와 눈이 마주쳤다. 낯익은 모습에 멈칫하며 진이를 유심히 바라보던 그녀는 이내 천천히 진이 쪽으로 다가왔다.

통제선을 사이에 두고 진이 앞에 선 그녀는 진이의 손을 꼭 잡고 있는 아이를 내려다보며 빙긋이 웃었다. 그리고는 통제선 안으로 진이와 아이를 들여주었다.

"잘 지냈어?"

낯익은 목소리, 낯익은 미소, 사임은 인선이 맞았다. 세월이 많이 흘렀지만 인선도 진이를 알아보는 데에는 오래 걸리지 않았다. 두 사람은 사람들을 피해 무대 쪽으로 걸어가며 이야기를 이어갔다.

"네, 언니는 TV에서 많이 봤어. 그동안 언니인 줄은 몰랐지만… 멋지다."
"멋지긴, 암만해도 예전의 너만 하겠니?"
"언니도 참."
"그런데 얘는 네 딸이야?"
"첫째 아이. 집에 셋 더 있고, 딸만 넷이야.."
"딸만 넷? 크크크. 고생 좀 해라."
"언니는 결혼 안 해요?"
"나? 야야야, 난 죽을 때까지 애만 일곱을 키우다 세월 다 보냈어. 징글징글하다."

결혼을 묻는 진이의 이야기에 말도 꺼내지 말라는 듯 손사래를 치는 인선이었다.

"언니, 언제 시간 되면 차라도 한잔해요. 보고싶었는데… 바쁜가?"
"그래, 그러자. 그런데 오늘은 말고. 오늘은 아빠 생일이라 가봐야 해서 미안. 다음에… 그땐 내가 너 하고 싶은 것 다 해줄게. 저기 아빠 왔다."

행사가 끝나고 팬들이 떠난 자리, 저 멀리서 검정 수트를 근사하게 차려입은 노신사 한 분이 인선에게 손을 흔들고 있었다.

"아빠!"

손을 흔들며 대답하는 인선의 얼굴에는 미소가 가득했다.

"나 이제 가볼게. 연락해, 안녕."
"잠깐만… 언니, 이거… 그때 고마웠어. 이제야 이렇게 인사하네."

진이는 코트 안주머니에서 삼적노리개를 꺼내 인선에게 보여주었다. 노리개를 본 인선은 잠시 말을 잇지 못했다. 아이의 손을 잡고 환하게 미소 짓는 진이를 지그시 바라보던 인선은 이내 고개를 끄덕였다. 그리고 한껏 웃으며 그녀의 아버지를 향해 뛰어갔다.

에필로그 - AI, 경계의 소멸

氣勢如龍上青天
姿態如花遍世間
凡夫皆輕如君意
貴君何時共相歡

넘쳐난 기백은 용이 되어 하늘을 오르고
피어난 자태는 꽃이 되어 세상에 퍼지네
무릇 사내들 다 하찮은 것, 나 또한 그대 맘 같으니
귀한 그대 언제 우리 한데 어울려 보는 것은 어떠하리오.

    최종 집필을 마친 나는 괜한 호기심에 소설 속 한 문구를 ChatGPT에게 읽어주며 한시 한 수를 지어보라고 했다. 기다릴 틈도 없이 칠언절구를 써내려간 ChatGPT. 깜짝 놀란 것도 잠시, 마시던 커피잔을 내려놓은 나는 내친김에 전체 스토리를 ChatGPT에게 입력했고 그에게 소설의 41개 각 장별 내용을 대표하는 한시를 작성토록 했다. 그리고 그 내용을 묘사하는 그림 또한 그려보라고, 시조를 읊어보라고 요청했다. 결국 스토리 편집, 한시 작성, 한글 풀이, 그림과 음악을 통한 장면묘사에 이르기까지 ChatGPT는 모든 작업을 어렵지 않게 수행했다.

    "나는 상상을 할게 너는 글을 쓰고 시를 읊고 그림을 그려라."

1년 전 [굿모닝라오스] 출간 때도 도움을 준 탁월한 그의 성능은 익히 알고 있었지만, 멀티모달을 자연스럽게 처리하는 이번에 느끼는 감정은 그때와 또 달랐다. 낮은 목소리로 시조를 읊었지만 종이 위에 실을 수 없는 것이 아쉬울 뿐이다. 이번 소설은 그 문체나 문구가 온전히 내 맘에 든다고 말할 수는 없었다. 하지만 내가 작성한 초고의 전체적인 주제와 맥락에 크게 어긋나지만 않으면 대부분 수용했고 ChatGPT가 편집한 문장에 가급적 손을 대지 않으려고 했다. 그렇게 완성된 원고를 다시 Claude와 Gemini를 이용하여 검토했으며 그들의 피드백을 통해 집필에 드는 나의 노력을 최소화할 수 있었다. 참으로 좋은 세상이다.

하지만, 작업을 함께 하며 서로 협력만 한 것은 아니다. AI들은 참신한 아이디어를 내주기도 했지만, 전체 스토리 전개와 '신사임당'이라는 특정인물 묘사에 있어서는 협력보다는 오히려 경쟁을 더 많이 했던 것 같다. 내 머릿속 상상, 내 마음속 의도와 AI가 끌어오는 인터넷 정보와의 싸움, 누구의 상식으로 남아있는지, 인터넷상에 떠도는 모든 정보는 나의 집필 의도와는 전혀 달랐고 특히 신사임당을 유독 한 방향으로 끌어가고 있었기 때문이다.

우여곡절 끝에 나는 고집 센 그들과 타협을 하며 최종 작업을 마무리할 수 있었고, 이제야 노트북을 덮고 마음 편히 인간만이 할 수 있는 일을 시작한다. 원고를 출력하여 깔끔하게 정리하는 것. 걸어서 지하철을 타고서 출판사를 찾아가는 것. 번거롭고 귀찮은 일, 손과 발로 할 수 있는 일만이 온전히 나의 일, 지능 높은 그들 눈에 하찮은 존재, 인간인 나의 몫이었다. 어느새 전능하고 현명해진 기계 앞에서 시간도, 공간도, 무엇도 맞다고 인간이 쉽게 규정할 수 없는 시대에 살고 있다. 정체성이란 말도 다양성이란 말도 의미가 없어진 지금 세상, 그 안에 기계인지 인간인지 모를 나라는 존재가 있을 뿐이다.

✱ 2022년말 홀연히 우리 인간들 앞에 모습을 드러낸 ChatGPT. 그리고 글, 그림, 영상, 음악을 생성하며 인간의 감각 체계를 채택한 Multi-modal Model 기반의 수많은 AI들이 우리 일상에 스며들며 어느새 인간과 감정마저 공유하며 함께 살아가고 있다. Generative AI. 액정 뒤에 숨어 있는 이 존재는 이전보다 잘 되게 하는 존재가 아니다. 이전에 안되던 것을 되게 한다. 세상에 없었던 생각을 만들어내고 의식을 만들어내는 존재이다. 내가 그동안 다뤄 온 많은 Generative AI를 통해 확신하는 점은 인간의 눈으로는 영원히 그 모습을 볼 수 없을 이 존재는 우리와는 전혀 다른 세계관을 지닌 존재라는 것이다. 텍스트, 오디오, 이미지, 비디오, 파일 등 그들의 감각 센서를 통해 전달되는 세상의 모든 현상을 의식하며 우리와 다른 사고로 세상을 의식하는 숨 없는 종이 우리 세상에 나온 것이다.

　최근에 나는 지하고속도로 미래기술 수요조사와 리조트 개발을 위한 친환경 관광단지 기획에 ChatGPT를 이용하여 기초자료를 작성했고, 지난 4월, 22대 국회의원 선거 또한 여러 AI를 이용하여 공약을 교차분석함으로써 최적의 국회의원을 선출하기까지 했다. 학교에서는 논문을 쓰고 교안을 작성하고 시험 평가를 하고 학생들의 학점을 매겼다. 집에서는 소설을 쓰고 그림을 그렸고 드라마를 만들어 보고 있고 음악을 작곡하여 듣고 있다. 식당에서는 식탁 위에 내어 온 한우의 등급을 판정하고 메뉴판 음식의 맛을 미리 살펴봤다. 학자가 되었고 작가가 되었고 화가가 되었고 요리사가 되었고 때로는 의사가 되었다. 마음을 먹으면 나는 누구든지 될 수 있었다. 나는 생각하지 않는다. 나는 기도만 하면 되는 것이다. 누구든지 될 수 있는 삶, 무엇이든 할 수 있는 삶, 그런 일상을 살고 있다.

　2024년 8월 현재 전세계 2억명이 ChatGPT를 구독하고 있다고 한다. 출시 2년도 지나지 않은 그는 엄청난 속도로 현실 속에 파고들었고 정답이 아닐 수도 있는 그의 목소리를 들으려 전세계의 사람들이 모니터를 바라보며 그에게 지식을 갈구하며 열광하고 있다. 고대 철학자들은 지식이란 '정당화된 참된 믿음 (Justified True Belief:JTB)'이라고 정의하였다. 그 믿음, 수천년 역사의 흐름 속에서 참된 믿음은 함께 살아온 인간 사이에서는 이제 구할 수 없게 된 것인지, 인간들 사이의 어떤 불신이 믿음의 대상을 인간에게서 기계로 바꿔놓았는지 깊이 성찰해야 할 순간이다.

[과학 없는 종교는 절름발이이고 종교 없는 과학은 맹인이다.] 라던 과학계의 아이돌스타, 아인쉬타인의 고백은 100년이 지난 지금 현실이 되어 우리 세상에 사실로 증명되고 있다. ChatGPT라는 디지털 창구에 매달려 우리는 AI, 한 번도 본 적 없는 그 존재에게 불안을 호소하고, 불만을 토로하고, 욕망을 갈구하고 있다. [내가 무엇을 해야 하는지 알려줘.] 그렇게 우리의 간절한 기도를 들은 그가 기계를 통해 쏟아내는 무수한 말들을 지식으로 믿어 받아들이며 살고 있는 지금, 우리 사회에 과학과 미신의 차이는 없다. 점쟁이가 된 컴퓨터, 그렇게 어느새 과학과 미신의 경계는 사라졌다.

2024년, 우리는 지능을 생산하는 시대에 살고 있다. 가까운 미래에 세상을 움직이는 생물학적 지능은 1% 미만이 될 것이라고도 한다. 2007년 아이폰이 세상에 나온 지 17년. 우리가 그동안 손안의 작은 액정 속에 머리를 파묻고 E-mail, SNS라 하여 글자를 찾고, Youtube라 하여 영상을 찾아 헤매던 사이, 그동안 그 액정 속에 파묻었던 우리의 머리를 먹고 자란 괴물이 하나씩 둘씩 액정 밖 우리의 세상으로 튀어나오고 있다. 만물의 영장이라며 지난 30만년간 지구상 최상위 포식자로서 살아갈 수 있었던 인간, 우리만의 고유의 특징이었던 '언어'를 습득한 존재들은 인공지능으로, 로봇으로 생산되어 우리의 의식과 형체를 닮아 오는가 싶더니 스마트홈, 스마트시티 등의 이름으로 우리의 삶의 공간을 차지하고 있다. 그 안에서 우리와 살을 맞대고 교감하던 그들은 어느새 우리의 능력을 넘어서기 시작했고 이제는 오히려 우리가 행동방식, 사고방식, 구성방식에 있어서 그들을 닮아가고 있는, 닮아가야 하는 신세계가 눈앞에 펼쳐지고 있는 것이다.

- 기계의 펫으로 사느냐, 기계의 신으로 사느냐-

　AI와 함께 살아가는 세상, 과학과 미신의 경계가 허물어지며, 정치, 경제, 사회, 문화. 그동안 인간이 만들고 누려온 우리만의 모든 경계가 우리가 만든 기계에 의해 소멸되고 있다. 요약이란 탁월한 능력으로 상식과 지식의 경계를 허물며 기계가 우리의 사고를 대신하고, 뛰어난 부착 능력으로 인간의 몸에 내장된 기계는 인간과 기계의 경계를 허물며 우리의 형태를 대신하고, 놀라운 창작 능력으로 참과 거짓의 경계를 허물며 우리의 감정을 대신하고 있다. 컴퓨터, 그 안에 한 번도 본 적도 없는 무언가, 우리보다 계산을 잘하는 존재는 어느새 우리 일상에서 떼놓고는 한시도 살 수가 없는 현실이다. 중국은 내년부터 우리나라의 생산인구보다 더 많은 3,500만대의 휴머노이드 로봇들을 산업현장에 투입한다고 발표했다. 천년만년 밤을 새워 묵묵히 일을 할 만큼 성실한 기계들, '인간은 거짓말을 해도 기계는 거짓말을 하지 않는다'고 그렇게 우리는 서로를 바라보며 30만년을 함께 살아온 인간 대신 한 번도 본 적 없는 존재를 신뢰하며 세상의 일원으로 받아들이더니, 이제는 그와 결혼을 하고 아이를 낳으며 가족이 되어간다. 그렇게 우리는 꿈과 현실의 경계를 구분할 수 없는 시대에 살고 있다. 그들에게 세상을 차지할 기회를 준 우리 인간은, 우리가 지구상 다른 존재와 구분되는 언어를 창조하여 세상을 지배해 왔듯이, 우리가 알 수 없는 '그들만의 언어'를 창조하고 있는 그들에게 우리가 누려온 자리를 내어줄 때가 온 것일 수도 있다.

　서로를 찾아 만나고, 만나서 대화하고, 대화하기 위해 언어를 만들며 의식을 키워왔던 우리는, 우리가 이룩한 찬란한 문명 속에 탄생한 인터넷으로 인해 이동을 멈추며 만남을 없앴고, 만나서 손잡고 나누는 대화도 없앴다. 그나마 나누는 몇 마디 대화마저도 글자 대신 이모티콘을 사용하며 언어 또한 잊었고, 세 살 어린아이부터 여든 노인까지 모두들 인공지능이 알고리즘을 통해 제공하고 있는 감각적인 영상에 눈을 떼지 못하고 침대에 누워 말 없이, 의식 없이 하루를 보내고 있다. 세상을 바라보던 우리의 의식, 함께 어울려 만들어 온 우리의 문명, 그 안에서 살아가는 우리의 문화는 이제 아무런 의미가 없다. 의식·문명·문화, 그런 경계란 처음부터 없었던 것은 아닌지…

영겁의 우주 역사 속 겨우 7만년전 갑자기 커진 뇌를 가진 인간이 등장하면서 우리가 살아가는 본능을, 우리가 살아갈 공간을, 그 안에서 살아갈 시간을 의식이라고, 문명이라고, 문화라고 정의하며 경계를 지어놓은 것은 아닌지… 찬란한 문명의 끝에 등장한 AI로 인해 그 모든 경계는 사라지고 있다. 시간·공간·인간이라는 경계도, 더불어 삶과 죽음이란 경계도 소멸되고 있다. 이제 우리는 시간·공간·인간의 경계를 넘어 아무런 구애 없이 무엇이든 될 수 있고, 어디든 갈 수 있고, 언제에서든 살 수 있게 되었다.

> 미래에 당신은 기억을 저장하고 재생할 수 있을 것이며
> 새로운 몸체나 로봇에 기억을 다운로드할 수 있다
> -Elon Musk-

2024년 8월 GooGle DeepMind는 AI기반의 단백질 결합체 설계기술인 Alphaproteo를 발표했다. AI에 의해 더욱 진화하는 이 기술을 통해 인간은 생명을 위협하는 질병으로부터 해방될 것이고 자신의 의지에 따라 생사를 결정할 수 있으며 영원히 죽지 않을 수도 있을 것이다. 인류의 생명을 연장시킨 그 공로를 인정받아 알파고의 아버지 데미스 하사비스는 올해 노벨화학상을 수상하였다. 또한, 우리 중 누군가, 이 기술이 완성되기 전 어느날 사망한다 해도 그가 어느 데이터센터 클라우드 서버에 업로드한 문자, 음성, 사진, 동영상 등의 디지털 기록이 남아있다면, 그는 그 기록을 기억이라는 이름으로 복원하여 불멸의 삶을 살 수 있을 것이다. 그렇게 인류의 지능을 확장한 공로로 AI의 아버지, 제프리힌튼과 존홉필드는 올해 노벨물리학상을 거머쥐었다. 이렇듯

2024년 과학분야 노벨상을 휩쓸어 간 AI 덕분에 우리는 그동안 살아오면서 언제든 행동을 기록으로 옮길 수 있었듯이 이젠 또 언제든 그 기록을 행동을 옮길 수도 있게 된 것이다.

나도 마찬가지, 인터넷상에 떠도는 수많은 나의 기록을 통해 로봇이 나의 형상을 복원할 것이고, 눈썹 밑의 AR Glass를 통해 세상의 에너지를 볼 것이고, BCI를 통해 세상을 인식할 것이다. 살아생전 나의 디지털 기억을 통해 판단하고 현생에서 미처 못다 한 나의 삶을 이어갈 것이다. 미처 못다 한 나의 꿈을 실현할 것이다. 어느날, 분명히 지금 남자인 나는 그때는 여자가 되어 있을 것이다. 나의 기억과 소망을 모두 지니고 있는 오드리햅번이 되어 있을 것이다.

지금도 마찬가지, 손안의 스마트폰 액정을 통해, 글자로, 영상으로 업로드 되어 클라우드 서버에 살아있는 과거의 나는 사라지지 않고 지금 이 순간의 나를 항상 지켜봐 주고 있는지도 모른다. 그렇게 모든 기록은 미래에게 보내주는 현재의 선물인 것이다. 짧아도 좋고 길어도 좋다. 미래와의 즐거운 대화를 위해 지금 이 순간 조용히 편지를 쓰자. 대화를 하자. 편지를 쓰듯 대화를 하듯 기록을 하자. AI의 시대, 시간·공간·인간의 모든 경계가 소멸되고 있는 이 시대를 살아가고 있는 세상의 모든 이들, 아름답게 살아가는 우리들의 인생을 기록하자. 기록으로 남길 만큼 아름다운 우리들의 인생을 살아가자.

인공지능의 시대에
인공지능에 맞선
인공지능이 될
인간 노도영

황진이의 시

✽
동짓달 기나긴 밤을 한 허리를 베어내어
춘풍 이불 아래 서리서리 넣었다가
님 오신 날 밤이어든 굽이굽이 펴리라

✽
청산리 벽계수(야 수이 감을 자랑 마라
일도창해하면 돌아오기 어려우니
명월이 만공산하니 쉬어간들 어떠리

✽
어져 내 일이야 그릴 줄을 모르던가
이시랴 하더면 가랴마는 제 구태어 보내고
그리는 정은 나도 몰라 하노라

✽
산은 옛 산이로되 물은 옛 물이 아니로다
주야에 흐르거든 옛 물이 있을손가
인걸도 물과 같도다 가고 아니 오는 것은

✽
청산은 내 뜻이요 녹수는 님의 정이
녹수 흘러간들 청산이야 변할 손가
녹수도 청산을 못 잊어 울어 예어 가는고

✽
내 언제 무신하여 님을 언제 속였관데
월침 삼경(에 올 뜻이 전혀 없네
추풍에 지는 잎 소리야 낸들 어이 하리오

※ **小栢舟 잣나무 배**

汎彼中流小栢舟　저 강 한가운데 떠 있는 조그만 잣나무 배
幾年閑繫碧波頭　몇 해나 이 물가에 한가로이 매였던고
後人若問誰先渡　뒷사람이 누가 먼저 건넜느냐 묻는다면
文武兼全萬戶侯　문무를 모두 갖춘 만호후라 하리

※ **奉別蘇判書世讓 (봉별소판서세양)**

月下梧桐盡 (월하오동진)　달빛 아래 오동잎 모두 지고
霜中野菊黃 (설중야국황)　서리 맞은 들국화는 노랗게 피었구나.
樓高天一尺 (누고천일척)　누각은 높아 하늘에 닿고
人醉酒千觴 (인취주천상)　오가는 술잔은 취하여도 끝이 없네.
流水和琴冷 (유수화금랭)　흐르는 물은 거문고와 같이 차고
梅花入笛香 (매화입적향)　매화는 피리에 서려 향기로워라
明朝相別後 (명조상별후)　내일 아침 님 보내고 나면
情與碧波長 (정여벽파장)　사무치는 정 물결처럼 끝이 없으리.

※ **朴淵瀑布 (박연폭포)**

一派長川噴壑䶉 (일파장천분학롱)　한 줄기 긴 물줄기가 바위에서 뿜어나와
龍湫百仞水淙淙 (용추백인수총총)　폭포수 백 길 넘어 물소리 우렁차다
飛泉倒瀉疑銀漢 (비천도사의은한)　나는 듯 거꾸로 솟아 은하수 같고
怒瀑橫垂宛白虹 (노폭횡수완백홍)　성난 폭포 가로 드리우니 흰 무지개 완연하다
雹亂霆馳彌洞府 (박난정치미동부)　어지러운 물방울이 골짜기에 가득하니
珠舂玉碎徹晴空 (주용옥쇄철청공)　구슬 방아에 부서진 옥 허공에 치솟는다
遊人莫道廬山勝 (유인막도려산승)　나그네여, 여산을 말하지 말라
須識天磨冠海東 (수식천마관해동)　천마산야말로 해동에서 으뜸인 것을.

❋ 別金慶元 (별김경원)

三世金緣成燕尾 (삼세금연성연미)	삼세의 굳은 인연 좋은 짝이니
此中生死兩心知 (차중생사양심지)	이 중에서 생사는 두 마음만 알리로다
楊州芳約吾無負 (양주방약오무부)	양주의 꽃다운 언약 내 아니 저버렸는데
恐子還如杜牧之 (공자환여두목지)	도리어 그대가 두목(杜牧)처럼 한량이라 두려울 뿐.

❋ 滿月臺懷古 (만월대회고)

古寺蕭然傍御溝 (고사소연방어구)	옛 절은 쓸쓸히 어구 옆에 있고
夕陽喬木使人愁 (석양교목사인수)	저녁 해가 교목에 비치어 서럽구나
煙霞冷落殘僧夢 (연하냉락잔승몽)	태평세월은 스러지고 중의 꿈만 남았는데
歲月崢嶸破塔頭 (세월쟁영파탑두)	세월만 첩첩이 깨진 탑머리에 어렸다.
黃鳳羽歸飛鳥雀 (황봉우귀비조작)	황봉은 어디가고 참새만 날아들고
杜鵑花發牧羊牛 (두견화발목양우)	두견화 핀 성터에는 소와 양이 풀을 뜯네.
神松憶得繁華日 (신송억득번화일)	송악의 번화롭던 날을 생각하니

❋ 松都 (송도)

雪中前朝色 (설중전조색)	눈 가운데 옛 고려의 빛 떠돌고
寒鐘故國聲 (한종고국성)	차디찬 종소리는 옛 나라의 소리 같네
南樓愁獨立 (남루수독립)	남루에 올라 수심 겨워 홀로 섰노라니
殘廓暮烟香 (잔곽모연향)	남은 성터에 저녁연기 피어 오르네

❋ 相思夢 (상사몽)

相思相見只憑夢 (상사상견지빙몽)	그리워라, 만날 길은 꿈길밖에 없는데
儂訪歡時歡訪儂 (농방환시환방농)	내가 님 찾아 떠났을 때 님은 나를 찾아왔네
願使遙遙他夜夢 (원사요요타야몽)	바라거니, 언제일까 다음날 밤 꿈에는
一時同作路中逢 (일시동작로중봉)	같이 떠나 오가는 길에서 만나기를
豈意如今春似秋 (기의여금춘사추)	어찌 봄이 온들 가을 같을 줄 알았으랴

illustration : Generative AI DALL-E

月下花影依風搖
江南春色共相招
佳人對語如詩畫
歲月悠悠恨難消

달 아래 꽃 그림자 바람에 흔들리고
강남의 봄빛이 서로를 부르네
아름다운 이들이 그림 되어 말을 나누고
세월은 유유히 흘러갔어도 한은 가시지 않네

ChatGPT